活在人间的秘密

李咏成————

著

长江出版传媒

长江文艺出版社

图书在版编目（CIP）数据

活在人间的秘密 / 李咏成著. -- 武汉 ：长江文艺
出版社， 2025.2
ISBN 978-7-5702-3564-3

Ⅰ. ①活… Ⅱ. ①李… Ⅲ. ①诗集－中国－当代
Ⅳ. ①I227

中国国家版本馆 CIP 数据核字（2024）第 082083 号

活在人间的秘密
HUO ZAI RENJIAN DE MIMI

责任编辑：胡 璇　　　　　　　责任校对：程华清
封面设计：源画设计　　　　　　责任印制：邱 莉　 王光兴

出版： 长江出版传媒 ｜ 长江文艺出版社
地址：武汉市雄楚大街 268 号　　　 邮编：430070
发行：长江文艺出版社
http://www.cjlap.com
印刷：湖北恒泰印务有限公司

开本：880 毫米×1230 毫米　　 1/32　　 印张：6.5
版次：2025 年 2 月第 1 版　　　 2025 年 2 月第 1 次印刷
行数：4590 行

定价：58.00 元

武汉人，湖北省作家协会会员，现就职于湖北师范大学文理学院。诗歌作品见于多种文学期刊和选本。获第二届李白杯《中国诗歌·百家》全国诗歌大赛一等奖，第二届《今古传奇》文学奖诗歌奖，首届今古传奇中国文学地理创作奖。

序

结果，不止于一次折返

鲜 例

　　一个人的一生，能有真正的折返机会其实很少，特别是在事业有成的时候。而一个诗人的精神内心，却时常是在不安中寻求抚慰，在出走与返回之间徘徊，努力想在日常生活中不被平庸所束缚，即使是在不写诗的时候，一颗对词语的诗性眷恋的心，一定会暂时深埋着不灭的冲动，等待有一天被重新唤醒、发芽。认识诗人李咏成是在一次现代禅诗的研修活动中，他充满热情、爽朗的性格，敏捷如闪电的思维，都给我留下了印象。读其诗也如其人，结实又活跃的自由联想翩翩于他的诗行。

　　20 世纪 80 年代初期，当欧美现代主义思潮传入中国时，李咏成正在当时的华中工学院求学，在对诗歌的热爱中，朦胧诗的辉煌给他以诗最初的洗礼，他成为校园夏雨诗社的创始人之一。直至若干年后，他到已更名为华中科技大学的原华中工学院攻读硕士研究生，又被"第三代诗人"声势浩大的语言狂欢迅速激化，但他没有被提倡诗的口语化、"诗到语言为止"的革命性诗学口号迷惑。在当时的诗歌景观里，没有过去和现在、真实与虚构的区别，分裂的文学情怀、虚无的诗歌精神、零度写作观念，让诗人无心将当下与传统重新连接，寻找合适自己的书写状态，诗人对诗歌之神的热情开始减退，其主要原因是中国大地改革开放的浪潮开始强烈涌动。而他听从时代召唤，以致后来毅然辞去已跃入社会高层的职位，将才华和热情投身到开拓民营高等教育的热土，为实现培养人才、服务社会的宗旨不懈奋斗，最终成为一个高等教育机构的领导。及至 2016 年左右，他才断断续续地重启诗歌写作，他对自己的人生，以及时代的变化进行过深度的思考，写下了大量的诗歌作品，他认为人的生命之树不能没有记录个人思想的精神之果。

乡村记忆中的赤诚之心

进入 21 世纪以来，尤其是经过所谓知识界与民间派的诗歌"争峰"之后，诗的刀刃划破了统一的诗歌地图，诗歌的流向开始发生"偏移"。有些诗人开始寻找第三条道路，在诗的思想性和艺术性之间架设其实已陈旧不堪的所谓后现代主义的桥梁。而更多的诗人则是逐渐意识到要建立起新的诗学理想，在需要长期奔跑的诗歌赛道上，传统诗学是一种储存力量的重要资源，其有价值的部分不能偏废，应该将脱胎于西方文学的现代汉语诗歌的独立性、先锋意识与之进行有效结合，调整自我理想、恪守人文精神，选择"存活的另一种方式"。

海德格尔有言："诗人的天职是还乡，还乡使故土成为亲近的本源之处。"这里诗人不仅有一个生命的原乡，他也应有一个精神的原乡，值得以赤诚之心向它致敬。在诗集

《活在人间的秘密》中有两个专辑，分别书写对故乡的记忆和对先辈、亲人的感恩，呈现出一个知识分子重归东方美德的轨迹，表达出一个生命应有的良知。他将古典诗歌传统引入新诗，以独特的汉语气质对中国古典文学意象进行了诸多继承和重构，找到了自己的精神原乡，重塑了风雅传统的诗人形象。诗集中有《村庄》《乡愁》等一系列抒写故土、乡情的诗，充满不舍的回忆、悲喜交织的复杂情感。

古往今来写土地的诗不计其数，"土膏欲动雨频催，万草千花一饷开"（范成大），"大地，你是万物之母"（墨勒阿格），"一代过去，一代又来。大地却永远长存"（圣经）。但对曾经热爱的故土沦为片片伤疤，并有废弃的可能充满忧虑的诗则很少见。对比那些直接赞美土地的诗，诗人的《土地，土地》从一个相反的方向，以对土地的悲悯之心，表达深沉的爱意。诗人以敏感之心观察到父辈们用血汗养育过的土地在一些人手中渐渐丧失价值，内心充满愤懑，"为什么我的眼里常含泪水，因为我对这土地爱得深沉"（艾青），诗人李咏成拥有艾青一样的情怀，出于对故乡热忱的爱，他通过诗发出要珍惜、爱护土地的呼喊，同时也表达出对滥用土地的疑问。因为土地是万物之源、万物之本，起点与归宿同在，"大地是人类最好的避难所"（詹·豪厄尔）。

除此之外，诗人还有一个精神的故乡，那就是对传统文化的怀念，这在《每一个乐器都是一首诗》（组诗）、《笛子》（组诗）等一些诗中可见。其中这首《笛子》（组诗），尤其灌注着诗人的精神象征。

选择在腊月
截断一根苦竹、紫竹或者湘妃竹
风干，烘烤，撬直，磨光
然后打通心结，开十二个小孔
标记出十二时辰

涂上油漆，给岁月包浆
美好的喉咙不能容忍炎症
一根暗红的笛子
能在一个古老的民族
横亘千年

——《笛子》（组诗节选）

  笛子作为一件古老的乐器，曾得到多少艺人名士的喜爱，它有竹的节操、品格，和一个个高士用无尽心血的灌注赋予它的高洁的生命。通过岁月的磨砺，历经人生的风霜，它诞生过众多名曲在人间流传，其笛孔流出的文化含量在中国人心中重于泰山。"暗红的笛子"是有血性的象征，因此，它需要一个纯洁的心灵，以美妙的嘴才能亲吻，吹奏出一个民族的喜怒哀乐、爱恨情仇。它在手指的触摸与弹跳中见证出一个民族的悲欢离合与潺潺不断的历史，蕴藏着对生活的无限期待，所以诗人说笛子封存着整个江南的烟雨而亘古千年，寄托着高洁名士的精神理想，成为雄心和抱负的载体——精神故乡。长久以来，它伴随在君子身边，仿佛是一支佩剑行走天涯，代表诚信与坚贞。这首诗通过描写笛子的选材到艰辛的制作过程，演化到以笛子喻人的美妙品格的形成，低至牧童短笛的民间，上往庙堂名流的箫声缭绕，再到它贮存乡愁、礼俗，是风情之事等合理功用与传统续写的礼赞，表达了笛子对精神文化塑造的象征意味，从中找寻自己的精神故土，倾听一节节长短不一的竹管在中国人的手中传递着血脉流动的声音。

来自生活深处的精神探寻

每一个人大约都有不一样的成长经历，这与不同的人生际遇有关。李咏成作为一个学机械专业的工科男，大学毕业后就成为一国有企业的工程机械技术人员并主持共青团工作，在这个岗位上工作不久，即因写作方面的才华，进入当地最高党政机关担任秘书，之后多有职务升迁直至弃职，历经20年奋斗见证并直接参与了新时期国家民办高等教育改革与发展的进程，跟随湖北省最大的民办教育集团同步成长，并成为一所大学的董事长。其间的艰辛与欢乐自在不言中，但他每当夜深人静时，一定会心生许多感慨。现在他年近花甲，回首自己的人生，这一路走来活在人间，在日常生活中匆匆忙忙，到底都是为了什么？如果仔细检索，除了对周遭的事务不断做出行为和语言的应答，就是或承担或放弃终有一个能接受与不愿接受的结果。当该经历的已然历经，不属于自己的也不再奢求时，你就走出了生活的"迷宫"，你将会处于一种闲适的状态。这一时期你会回到自己的内心，专注在那些你自己喜欢的特质上，吸引力法则将会带来你自身美好的东西。对诗人李咏成而言，那自然是在诗中建立自己的美好：一颗热爱诗的心又一次萌发，开始解密以往生活中一些困惑和自豪的原因，重新启动一个诗人的精神生活。

朗达·拜恩说："一旦你真正主宰你的思想和感觉，你就是你自己的创造者！"生活是复杂的，其中况味时常不能自我调配。在《活在人间的秘密》中，有许多诗是对生活的观察与思考，季节的变换、旅途的见闻都能引起诗人探秘一样的心情，哪怕是亲身经历，其体验再度回想时也不失好奇的思量。这是一个诗人有创作欲望最基本的起点——对人生价值的追问。其中《诗人的自白》这首诗，诗人试图给人生的秘密找出答案。

> 诗人都扮演着复杂的角色
> 画家、农人、养鸟者、流浪汉……
> 铺开一张纸，就是铺开一片国土
> 江山锦绣，随意指点
> 笔尖是剑，时而策马陷阵，马革裹尸
> 时而孤窗冷月，愁肠千回
> 社稷荒芜或者荣华，都凭朕意
> 浮世绘只在方寸之间
> 诗人真正的身份
> 是自己的统治者

在语言的国度君临天下

万物是江山，文字是臣妾

奉天承运，皇帝诏曰

威加四海却无缚鸡之力

留不住一缕春风，焐不热一片雪花

纸糊的宫闱极易陷落

多半时候成为李煜和宋徽宗

做了生活的俘虏

从这首诗里，依分行的意义可以解析出多重答案。

答案之一：诗人可以是任何人，无论贫贱还是高尚，人都有诗性并有成为诗人的可能，只要他们能在各自的生活中找到诗。

答案之二：人一旦成为诗人，他心中就可展开一个名叫"天下"的地图，在其上或驰骋，或为它的荣辱而魂牵梦绕。

答案之三：诗人可以成为自己的主宰。但果真可以吗？除非语言就是他的生命。

答案之四：在生活中，诗人经常在精神上是贵族，若与现实相遇却经常是失败者，什么原因？诗人其实没能给出答案，为读者保留了一个秘密。

综合答案：作者自己的生活状态虽有遗憾，可还是充分自由自在的。他有感于大多数诗人都活在丰富的精神世界里，其现实生存中却充满困境，不得不为日常中的柴米油盐去奔波，被各种生活琐事所羁绊，甚至像俘虏一样被沉重的生活压力所禁锢。正如柏拉图所说："人的价值就在于不断地憧憬，并努力实现憧憬的一部分，人生来就是一种创造乌托邦的动物。"

在此诗集中，许多诗表现出对人的命运的关切，为现实社会和生活中存在的丑恶现象与行为造成的对人的伤害深感忧虑、不安。作者跟所有诗人一样，时常心怀一颗挣扎与慈悲之心，寻找生活里的秘密，并设想给出诗性的答案。马拉美说——缺乏灵感的纯净之地生出灵感，但要避免笼统的断言。诗人与诗人之间只要说得不一样，就是独一无二的。诗人要努力倾听自己的内心，他那是痛苦——所有幻想和所有希望带来的痛苦在发声，但拒绝却让思想得到"一个新空间"。需要思考的，是思想中脱离思想的部分。是思想中取之不尽用之不竭的部分。挣扎与思考之间有层说不清道不明的关系，如何在生活中找到诗的合理性，那就是真实性言语不会强制自己模仿既已存在的事实，而是放开、变样、创造；但条件是必须忠实于自己的法则，真实性的法则从不下禁令、却永远无法满足，因此要不间断地自由发展，打造自己的真。

总之，诗人李咏成企图将古典与现代的诗性融合，以个体对汉语诗歌的体验，借助中西诗学互通的艺术原则，用理性思维去重构语言的自觉表达，让古典精神在现代诗的传承中得到有变化的展现。他吸收古典诗学的精髓，从题材、语言、意象和调性上均呈现出东方意蕴，又不断设想纯化现代诗意的秩序。在这种理念的观照下，其诗歌创作韵致翩然，且能自觉地甄选、抽离古典诗意中缺乏生机的部分，造就他"独立"的文本特征。其语言诚实、朴素，不以玄奥组成诗的复杂性，而能给予来自生活的深刻理解；也不乏灵动，诗行间充盈着发自内心的不倦深情。他的整册诗集共分六个小辑，以不同的主题分别表现相应生活场域中的人生感悟，让自己的思想之花绽放出诗性的光芒。在此，感谢他对我的信任和诚约，使我有机会欣然为其第一部诗集作序，让喜欢诗的读者、朋友们见证不同的诗人之间存在的友谊。

2023 年 9 月 6 日

目　录

辑五　无法忘却的父亲和母亲

辑六　从日常中滑出的行板

辑一

诗，给生活一种心情

诗人的自白

诗人都扮演着复杂的角色
画家、农人、养鸟者、流浪汉……
铺开一张纸，就是铺开一片国土
江山锦绣，随意指点
笔尖是剑，时而策马陷阵，马革裹尸
时而孤窗冷月，愁肠千回
社稷兴衰或者荣华，都凭朕意
浮世绘只在方寸之间
诗人真正的身份
是自己的统治者
在语言的国度君临天下
万物是江山，文字是臣妾
奉天承运，皇帝诏曰
威加四海却无缚鸡之力
留不住一缕春风，焐不热一片雪花
纸糊的宫闱极易陷落
多半时候成为李煜和宋徽宗
做了生活的俘虏

我不是诗人

我不是诗人
我没有过人的才情
我只是容易伤感
当我看见一垄被收割的秋天
一截雪地里探出的早春
或者看见一瓣落花，听见一声鸟鸣

当我看见街角的乞讨
看见梧桐树下的情人
看见白雾笼罩的早上
看见窗子外面的黄昏

我参不透意义
当我面对一条江的奔涌
一座山的巍峨，一片湖水的深沉
在神秘的力量面前
我战战兢兢

我只能怜悯
像父亲怜悯一棵庄稼
母亲怜悯一粒大米

像胡杨怜悯沙漠，像你怜悯我
怜悯让我变得柔软
柔软得像母亲的叮嘱和目送我的眼神

面对离开，我不懂告别
面对重逢，我不会煽情
我只是喜欢写写画画
不管潮起潮落，月阴月晴
我把长长短短的句子堆在一起
像母亲参差不齐的柴火
母亲点燃柴火
农家的傍晚，几多温馨

我是风中摇曳的一片叶子
面对凋零，我却在担心秋天
果实随风飘散
我只能做一首诗里苍白的词语
把复杂的情绪排列组合，希望能减轻
秋天的疼

我是蝴蝶的翅膀，是微弱的蜂鸣
我想让你从飞翔的姿态中感觉到春意
即使乍暖还寒，即使
大雪在不经意中再次来临

我不是诗人，我写不出醍醐灌顶
我无法让你读到豁然开朗
我只是一个普通的标点符号
我能断开句子，却断不开爱情

我是时光的缝隙里一团佝偻的阴影
我是青春的额头上新添的皱纹
我是满头青丝里的一根白发
我是残阳如血的塞外，一粒孤单的雁声

我是李白的酒，是杜甫的贫
是辛弃疾的剑，是苏东坡的病
我是李清照的海棠朵，是元稹的巫山云
我是中药里默默无闻的川芎
为忧伤活血化瘀
不让岁月在血管里淤积
阻塞悸动的心

我不是诗人，我没有过人的才情
我只是每天用墨水，把日子薰香

下　午

当困顿与咖啡因相遇
苏醒每一个下午
都很鲜活

忙碌不应该是生活的主餐
如果可以
把下午用咖啡冲泡
深邃的黑
会在天空涂抹上夜的颜色
然后，把星星排列成一行诗
忙碌因此多一些韵味

如果是雨天
正好凭栏，穿过夜的黑
听见滴落的云朵
在大地上开成一种季节
锄头跟土地的亲密接触
让生锈的日子
变得光亮

下午离夜很近，一阕诗的距离

咖啡漫灌的时光

会在诗的尽头长出果实

中国书法

几千年的文化勾连一直在延续
一横黄河奔涌
一竖泰山巍峨
一弯长江滚滚
一钩长城悠悠
狼毫狂浪，羊毫温柔
黑与白的对话
从来不朽

燃一豆灯火
昂一颗头颅
铺一场大雪
研一世春秋
转笔、按笔、锋藏、锋露
刻一抹晚霞做印
千古风流

一点梅花傲雪
一折京韵满喉
一撇白鹤亮翅
一捺风摆水袖

秦汉姿彩，魏晋风流
雕栏玉砌的方块字
横亘成九百六十多万平方公里国土
苍松似海
岁月如稠

养生计划

其实我是一个
被睡眠抛弃的人
虽然天空黑了，星星闭上眼睛
却被一些形而上的美丽或者麻烦
纠缠不休

经常提起笔为自己开处方
酸枣仁、合欢花、百合、远志
和入一些陈旧的、美丽的、疼痛的词语
打散，碾碎，搅拌，熬制
佐以一杯酒吞服，然后
优雅地点燃最后一支香烟

从今天开始养生，每日
服一座山护胃，饮一条河补血
煮一片云滋阴，枕一首诗固本
把坏情绪冲进马桶，然后尽量避免
躺成一堆问题

白天的话越多，晚上的睡眠越少
特别是假话、空话、废话、俗话

所以要练习沉默，节约墨水
特别要保护眼睛的锐利
练习啄木鸟入木三分
拒绝虚情假意，愤世嫉俗
最平常的心
是最有效的药

保持清瘦，瘦骨嶙峋
体重不宜超过灵魂，如此
才能在天平上比另一端站得高一些
如此，才能偶尔在浪尖上
跳一支舞

茶 壶

小小的身体却有着极大的肚量
装得下天，装得下地
装得下人世间所有的喜怒哀乐

一壶清水，几片茶叶
就能让生活染上颜色，增添滋味
让时间变得柔软细腻
让心和心没有距离

小小的嘴巴一撇
能吐出一座山，吐出一片海
能吐出江南雨，吐出塞北雪
吐出一朵白莲花
佛陀伸出兰花指
坐在白莲花上面

三国、红楼，沧桑或风雅
都在肚子用水煮
苍茫的水雾
浸湿了五千年的哀愁
九万里疆场
和一世的相思

地下铁

黑暗中行走的地下铁
像一条长长的飞虫，有趋光性
每到一个驿站
都会朝一盏冒着热气的灯深呼吸

吞进光。吐出一个个
疲惫的身体。他们
向更高处攀爬。那些身体越往上
越接近一个发光体

无法招摇过市
无法在流光溢彩的人潮中
做一条锦鲤。地下铁
在暗河中倔强地寻找出路
街道上的红男绿女，笑容斑斓

地下铁拄着两根铁轨
盲行。一个看不见光的人
常常精通玄学
总在为那些视觉正常的人把脉
指点迷津

编钟赋

用青铜铸造。焊接，错金
辅以浮雕，阴刻，涂漆彩绘
一种哀怨的声音由此合成
即使深埋于地下几千年
挖出来，泣诉如新

金属铸造的编钟，其实很脆弱
楚国的荆棘长在身上
只为提防傲慢的中原人
一只胆小的刺猬，在恐惧时
把头发变成矛与盾

编钟的脆弱具有传染性
王宫里翘袖折腰的舞者，巫风摇滚
如屈原，如宋玉，如景差
山河破碎的屈辱，汨罗江水不能洗尽

博物馆里的编钟，总给人错觉
舒缓的旋律擅长于隐匿烽烟
舞台华丽，选择性留下
歌舞升平

拾　光

夜晚。东湖绿道
星星点点的光，从树叶的指尖
和城市的骨骼中
跌落。我们试图拾起其中的一片
点亮黑色的身体

缺少照耀，我们的身体
是一个暗物质。我们需要一束光
就像黑色的煤矸石需要火种
一块不能燃烧的石头
不配被反复开采

拾一束光。拾一个火种
点亮的身体，成为一个爆炸的
宇宙，云层中破土而出的身体
成为夜空里闪亮的星斗

穿行。在斑斓的绿道上
我们拾起一个个细碎的光点
缝补一段
浪花翻滚的岁月

青花瓷（组诗）

1

用很常见的高岭土
佐以四海八荒的青料
像打扮新娘一样精描细画
然后把五千年的乡愁
塞进一座炉窑

泥巴做成的坯胎
在炙热的薪火中修炼
工匠们用布满老茧的大手
烧制一个 china

2

唐诗宋词，写尽世间繁华
无以复加的文字
点亮满天星辰

虎虎生威的唐宋

千万里纵横

疆域辽阔

大不过一块瓷片

3

明朝才是青花瓷的故乡

永乐杯、宣德炉、成化碗

大大小小的容器

盛满中华的雅量

郑和下西洋

沿路栽下青花

在丝绸之路上

不停播种

4

打捞一艘沉船

其实是在打捞一场宫宴

用最长的竹竿垂钓

一条躺在瓷碗里的鱼

沉没在深水里的御膳

有海盗们
垂涎万丈的海鲜

5

素雅的青花瓷
会招致妒火
野蛮开放的罂粟花
淹没了大清

坚船利炮
攻打一条龙纹
一个文明由此炸裂
满地碎片

洋人把我们的疼痛
陈列在
精致的博物馆

6

阅读一件青花瓷
就是在阅读线装本的家谱
斗彩杯上的那片茶叶
碧绿千年

目不转睛地打量一个物件

我们置身于旧时光

肃穆地站立

只为祭拜祖先

轮　渡

夕阳西下，从汉阳门到四官殿

江面闪出一条生路

汽笛悠扬，喊出

四十年前曾经坐过的渡船

那一年我十七岁

怀揣着大学录取通知书

从乡村来到四官殿

那时候认为长江对岸就是彼岸

汉阳门就是南天门

跨过廊桥等于跨过天堑

四十年之后，历尽风吹浪打

发现自己就像那艘渡船

在太阳和月亮之间来来回回

我们和渡船，都是不曾停歇的钟摆

制造时间，也蹉跎时间

城市挣脱万有引力向更高处求生

我们却屈从于大地的吸引

越来越矮小，越来越接近出发点

文字的属相

文字与人一样
有着不同的属相

有些文字属羊。一堆文字
就是一群羊
那些白云一样的羊群，温暖、和煦
从笔尖放出来
是一种布施

有些文字，属狼。一堆文字
就是一群狼
那些野性十足、张开獠牙的狼
随时可能咬伤自己
也咬伤别人。所以
握笔的手时常犹豫不决
不知道该不该让那些凶狼
跑出来

这世间最简单和最复杂的
意义，总也游离不出
一场追逐

秒　针

长长的秒针，像一只长长的喙
扭转脖颈
反复啃食每一条生命

我们的肉身，都是时间的食物
秒针是一把餐刀，它分解我们
也分解光明
时间咀嚼一切
发出滴答滴答的声音

秒针最后把时间也喂进时间的嘴里

时间死去了
秒针像一条断臂
孤悬于虚空之中

花　甲

六十岁是一个熟透的花甲

年复一年地被岁月舔食

日子吐出老迈的骨头

与一把老式转椅相依为命

花朵在枝头绽放旧时的颜色

鸟儿发出古汉语的声音

仿佛提醒着过往的年华

灿烂是有保鲜期的

没有一种冰箱能把春风冷藏

世间没有不老之物

譬如唐诗宋词、古老的词牌和弦音

跟木质的亭台楼榭

终将走进一本遗产名录

身穿长衫的夫子与一代名伶

携手走失在一首现代诗里

女儿红灌醉的乌篷船

漫无目的地游荡于

一个又一个现代人的

乡愁之中

盆　景

妻子在阳台上摆弄一些盆景
海棠、月季、多肉
还有一些我叫不出名字
妻子认真的劲头
像是在给摇篮里的儿子整理襁褓

岁月不居，日子像曲曲折折的藤蔓
安静地生长，抚摸一朵花
就是抚摸年轻时心爱的胭脂
摆弄一瓣多肉，就是捏了一把儿子小时候
胖墩墩的脸庞

有时候她从外面挖回一些泥土
大汗淋漓的样子，像搬回一座山
偶尔捡回一些石子，满足的表情
仿佛搬回了整个春天

我通常是一个看客，坐在阳台上
一支烟，一杯茶，一本诗集
妻子忙碌的脚步，有时会突然走进
一首诗里的某个句子

她和那些盆景融入远处的风景
四季变换着方式灿烂，浑然不知
何为凋零

把一朵花当成一个日子
一个日子就真的成为一朵花

左脸上的斑块

我的左脸有一个斑块
指甲大小，因眼光无法触及而显得发暗
一些不明就里的人，说那是老年斑
对于一位花甲之人
这样的形容多么贴切
虽然是年轻时皮肤病留下的印记
青春无人作证，我只能认领那一片
岁月的阴影，就像一块不曾加工的原石
宽容一些杂质，过于纯净的玉石
会让人疑窦丛生
那个斑块，是一片旧瓦
弓起的腰身上
有风雨交加的脉络

木如意

一根木头，两头镶上荷花
这样的木制品便获得某种灵异
在没有智能制造的古代
心愿就可以人工合成
高深的禅意出自一个木匠之手
温暖的期盼从冰冷的刨口流出来
光滑，像平静的岁月
刷上油漆，跟祖父脸色一样
闪耀着古铜色的光芒
祖父握紧相同木质的锄把
一辈子都与贫瘠较劲
倾尽汗水也没换来如意的生活
善变的木头非可靠之物
做如意的那块木头
做祖父的锄把
也做祖父的棺材

人间 45°

下午三点，冬日的阳光

像一把刀子

呈 45°角斜刺过来

时间有些柔软

像 45°角，不锐不钝，不疾不徐

一只鸟在天空滑翔

翅膀的角度也是 45°

45°是很舒适的角度

不平庸，又不失锋芒

是母亲抚摸孩子的慈爱

是恋爱的女孩拿玫瑰的幸福

是婚礼上倒酒的喜悦

是葬礼上鞠躬的肃穆

45°的嘴角是标准的笑容

也是标准的哭泣

立冬日全年已过四分之三

身体离躺平还剩 45°

生活是一面倾斜的山坡

我们把身躯弓成 45°攀爬

登顶或者不封顶

都可以同饮一杯琼浆，45°

茶艺师

一棵树有极大的胸怀，内心深处
流淌着一条河流、绿植、小鱼、鹅卵石
以及一条街巷流落的陶器
在水底思考着来世今生
生活由柔软和坚硬两个部分组成
茶台是出走的森林，携着流水
自魏晋而来，隐于唐宋
饮茶人有幽古之心
啜一口茶水，品尝森林丧子之苦
咬紧一片茶叶，把身体嵌入那棵大树
曾经的老家
在似有若无的木香中，茶艺师
冲泡一段古乐，用纤纤玉指掀起
杯底丛林里
海啸般的寂静

弦外之音

用蚕丝、羊肠或者金属制成的琴弦
是一条重要线索，弹压之下
生活的真相，跃然而出。细长的琴弦
站起来是瀑布，躺下去是河流
生活总能发出奔涌之音
揪住一撮马尾的人，像马背上的战士
让未竟的词语箭一样，从一张弓中
射出来，堂皇的冠冕应声而落
内心充满月色的人，也是一个猎物
有时会泉水潺潺，而更多的时候
会遭遇十面埋伏，琴弦切割着
丰腴的指腹，同时切割着，清瘦的夜晚
华彩的乐章泛出一丝血色
事物的形态千差万别，而世间的孤独
都长成人形

我喜欢

周末的下午无所事事，把一组老歌
塞进耳朵。我喜欢沧桑的男中音
唱出旧时的爱情
有些话难以启齿，就交给旋律
单曲循环，逼仄的生活不容易转身
一个男人端起酒杯，一定有某种缘故
吐出的烟圈是座带有铁丝网的围城
男人也爱做梦，一梦就是一辈子
被温情攻陷的歌者患有糖尿病
身体的伤口久久不能愈合
江山、美人、父母、孩子……
男人的后背有一个上了膛的弹夹
一梭子扫过来，肾上腺素会排山倒海
我喜欢不落泪的男人眼里的血丝
红墨水标出的，全是重点
我喜欢冷峻，男人本身就是一个病句
冬天的意义深过眼睛，男人的肩膀
是陈旧的房梁，种子被束之高阁
虫蛀的痕迹肉眼可见

往　事

入夜，又一次来到水边

反复确认白日梦的场景并非虚构

楼房苏醒于超时的午睡

城市的灯火正在点燃夜生活

柳条摇摆，预演一场毫无道理的酩酊

看不见的风心怀诡意

对岸发生了什么，已不得而知

栈桥的曲折让人费解

水边的空椅上坐着几颗烟头

一杯没有喝完的咖啡弄丢了女主角

船舱吐出一群疲惫的身影

情侣无言并行

纠缠的双臂结成解不开的生死扣

轮渡堕入宿命，在永恒的画面里反复来回

走不出春水绿芦花白和冬天的凛冽

往事如此固执

我一再同意自己的肉身

成为钓饵

修　牙

一生多少说过一些脏话
嘴里难免留下污渍
一颗不会把风的牙齿
终于脱落，而侥幸还活着的那些
被一些废话死死围住
躺在口腔医院的修牙椅上
修牙师说：张嘴，别说话
洁牙器的超声波高过所有道理
这世间有些声音无法辩驳
我只能虚心接受
我由此想到一位长者
一望无牙，种了一辈子庄稼
不知道有些骨头也可以移植
有一年他的儿子从脚手架上掉下来
只剩下一条右腿
他想到以前要命的牙疼
看着儿子不再稳定的生活
总觉得自己的左腿
是一种多余

酒　幌

夜幕来临，天空一低再低
小巷压缩成踉跄的河流
时间丧失了线性，不再稳定的身影
有难以言状的曲折

人间摇摆，酒肆的门扉半睁半闭
一块满脸通红的布吐出含混不清的风语
最浓烈的语言往往呈液态，酩酊
是相思的借口

世界随着一块布片蠕动
此刻，一只老虎，死于景阳冈上
贵妃扶着夜色，细腰扭断盛唐
李煜的国醉成一方罗帐
而那位被唤作诗仙的人，在当涂
化身浪花，为最后一阕诗结尾

一位失恋的女子，眼神像一只空杯子

失去重心的那块布，多少年来
都未曾醒过

黄陂腔的注脚

我前世应该来过，黄陂郊外的鸢尾花
似曾相识。它雀跃着迎我
张开嘴巴，欲言又止
无声的问候山峦一样温厚

波浪跳出湖面，栈桥踱步到春天的最深处
那个疲惫的汉口男人，已踪影全无
清风横斜，湖水漂不清四月的颜色
一把红色的伞，独自撑开了
黄鹂的喉咙

时间消失于这葱茏的山中
山坳是一个巨大的茶盏，我身轻如燕
如茶盏中那片舞蹈的叶子
采茶女孩的腰身弯出一种优雅
像一个括号

我是一个汉字，是括号中
带有黄陂腔的注脚

看　客

摊开五月，日历上密集地写满
慈悲的标注
劳动节、青年节、母亲节、情人节……
节日弯曲我四个指头，只有大拇指
笔直地伸向春天

全年已经小满，夏天的镰刀锋芒毕露
弯月从天边无限接近田野
父亲在阡陌踌躇，深邃的眼神深处
仓廪正虚怀若谷

风雨如磐，掩护着江河日渐坐大
离港的轮船吃着最深的春水
轻舟又一次划过春夏，樱桃红了
小孙女嘟起的小嘴有满格的甜度

五月的温存压弯了小巷
沙发是季节的头等舱
我只做一名看客，窗外拥挤的鸟鸣
把我举过
老樟树的头顶

家具城记

1

所有的木头都失去清香
走在家具城的卖场
如同穿越，一个死去的森林

刺鼻的甲醛味，让人有流泪的感觉

2

徐东大街的家具城，生意清淡
许多富丽堂皇的卖场，不见售货员
也没有买家

耀眼的灯光照不出游子的身影

设计师用大量的心血
设计出一个空巢

3

偶尔有买家来
一套完整的家具，被取走一个物件

一个祥和完整的家
瞬间失独

4

坚硬的木头，铺上弹簧做的垫子
光阴变得柔软

有多少人睡上去，又有多少人爬起来
一张床留不住体温

有多少紧紧相拥
就有多少貌合神离

5

从一块镜子里看到一个熟人
经过辨认，原来是我自己
那一刹那，我有回家的感觉

我幻想着家人都坐在沙发上
小孙女发出咿呀的单音节
是最大的道理

6

金属在这里是配角
铰链、骑马抽和抽屉托
都在看不见的地方

沉默的铁
遗传了老铁匠的个性

7

松动的桌椅
让人对一颗钉子产生怀疑

钉子远不如榫卯牢固
植物也有排异性

两根木头如同一对夫妻
不容许插足

辑二

来自乡村的忆念与叙事

屋顶（组诗）

椽　子

最好用杉木、楸木或者松木
为了防止腐败，防止生出蛀虫
椽子拒绝糖衣炮弹

整齐地排列，并呈现最合理的角度
像用小楷写成的一帧书法
一本倒扣在山墙上的历史
漂亮，赏心悦目
人走在上面
像一支笔

椽子有敬畏心，所以不会轻易出头
他们跟瓦片和瓦当联手
才有力量承载风，承载雨
承载天空
也承载幸福

现在盖房子不用椽子

用水泥，虽然坚固
但是缺少美感
椽子会烂去，或者被替代
但会被记忆收藏

瓦　片

泥土做成的瓦片也有性格，棱角分明
但它们选择肩并肩、心无芥蒂地站在一起
于是瓦片像长城一样坚固
抵抗风的刀、雨的箭和时光的重压
严丝合缝地覆盖住
一屋子活色生香

一个落单的瓦片，虽然曲线美丽
没有伙伴的帮衬，不如长城上掉下的一块渣
它们没有资格成为石头，破碎
是逃不过的宿命

孩童用破碎的瓦片打水漂
水花也肩并肩、心无芥蒂
一圈一圈地
按物理学规则排列

瓦片非常明白

一个孤单而特立独行的自己，是
世界上最容易破碎的东西
除了梦

瓦　当

取上好的泥土
不软不硬，像春末夏初的风
制坯，阴干，用中火烧制
然后铺上屋檐
为浮华披上一层迤逦

世界是冰川纪的孩子，我们的身体
也是阴湿的田地里捞出的黄泥
太阳支起巨大的窑炉，烧结我们
肤色金黄或者黝黑
保留太阳的体温
散发太阳的气息

基因是我们的铭文，像瓦当
朱雀、玄武、青龙、白虎
飞禽、走兽、长乐、未央
我们是在大地上行走的星宿
甫一出生，便有寓意

我们保持着瓦当一样的姿势
高悬于时空，裸露于风雨
免不了有裂痕，那是岁月的伤口
我们也终将破碎，被丢弃
生于土地
归于土地

屋　顶

像硬币一样有两面
一面是苍茫，一面是烟火

仰望天空的一面，皱纹堆积
经年的风雨洗刷了无数春夏秋冬
岁月从斜坡上滑落
一部分制造大海
一部分堆积在土地

俯瞰家的一面，是因为笑而必需的褶子
笑容之中，见证了粮食满仓、牛羊满圈
见证了洞房花烛、情话呢喃
和无数个婴儿的诞出，生命
延绵无尽

一个鸽子落在飞檐上面

占据生活的制高点
用哨声向千里以外的同伴
传递坚守的寂寞和骄傲
也传递
烟火的气息

拱形的屋顶，是合十的手掌
人类对于上天所有的事物，始终保持着
最基本的礼仪

水乡的老屋

苍白的皮肤已经长出了老年斑
头发依然乌黑
眼睛像太空的黑洞，吸附所有的哀愁
满怀心事
托付给门前那条流水

凝固的思念堆积在岸边
长度正好是乌篷船离去的距离
乌篷船向前，时间向后
自从扎着马尾辫的女孩去了远方
渐行渐远的红纸伞是一粒夕阳
在一个陌生男子的梦里生成春天

风翻阅柳浪，一札绿色的信笺
他乡的灯火在三月的雨中潮湿
情意绵绵
情话从屋檐缓缓滴落
一座孤城风化成一首唐诗
文字撒向河面
惊起粼粼波光

村　庄

一群低矮的土房子
像一个肿瘤堆积在岁月深处
瘦小的藤蔓
是曲张的静脉
蜈蚣般爬行

阿婆拎起一桶衣服
在浑浊的水塘边捶打生活
汗水把阿婆的白发沾在脸上
捋不清哀愁

儿童跟一条小狗玩耍
他们有共同的母语
此刻母亲在遥远的流水线上
用夹生的普通话和蹩脚的英语单词
费力地跟机器交流

村庄太过宁静
让人想起聋哑的老叔父
除了口袋里几枚硬币的响动
发不出任何声音

再说仓埠（组诗）

1

一百年之前
是丰腴的粮仓
小船驮着
祖先们用麻袋装满的汗水
喂养汉口

2

一位乱世中的女子
免不了屈辱
武昌首义的那一年枪响
是沈云陔唱出的一句
最动听的楚剧

泪水能汇聚成怒涛
冲垮一个王朝

3

生产将星
也生产文曲星
每一次怀孕
都能分娩出
一段传奇

无论世间多么浮华
倔强地做一位
认真的母亲

4

理云鬓
贴花黄
美丽
是一种习惯

把长江水倒进来
倒进花盆里
为大武汉的钢筋丛林
开一朵紫薇

5

报祖寺升起的香火
像飘荡的经幡
一直为四面八方的苦难
超度

如果有一天你死去
灰烬中
一定会留下
本焕法师浓缩的另一颗
舍利

6

水做的故乡
孩子都有一个共同的名字
叫作湾

所有的湾连在一起
连成武湖
涨渡湖
倒水河

孔子问津时

有否经过

你的渡口

7

每一条道路

都是出生证里弯曲的行草

为我的籍贯

背书

也像血管

遍布我的躯体

疼痛着我的疼痛

痉挛

我的痉挛

故 乡

出游了一辈子
一直背负着故乡
每每经过一座小桥，蹚过一条小溪
每每看见一片落叶，嗅到一朵花香
儿时的村庄就活灵活现
故乡一直都在眼前
是世界上最近的地方

思念了一辈子
都不能再回到故乡
故乡是秋天里一抹苍凉的月色
故乡是诗歌中一个疼痛的词语
青丝掩盖白发
黄土埋葬亲人
故乡的旧时光付了流水
去到世界上最远的地方

每一次远离
故乡近在眼前
每一次回归
故乡远在天边

笛　子（组诗）

1

选择在腊月
截断一根苦竹、紫竹或者湘妃竹
风干，烘烤，撬直，磨光
然后打通心结，开十二个小孔
标记出十二时辰

涂上油漆，给岁月包浆
美好的喉咙不能容忍炎症
一根暗红色的笛子
能在一个古老的民族
横亘千年

喜爱笛子的一群人
天生带有竹子的气节

2

走进一片竹林

风摇曳着竹叶

哗哗作响

我听见一万根笛子在合奏

天籁的旋律和没有姓名的花朵

挤满童年

我想起一位布衣儿郎

头戴斗笠

面对一条不知名的河流

嘴唇亲吻横笛，吹皱

千顷麦浪

婉转的笛音

从一头牛的背上发出来

吹浓了乡愁的晨雾

3

一曲姑苏行

吹醉了江南

乌篷船穿行于小桥流水

潮湿了多少双眼睛

每一颗兰花豆

都是一滴泪水

江南其实是一段昆曲
从笛孔冒出来的悠扬
全部融进
一坛女儿红

一根瘦瘦的竹笛
细心地封存着
整个江南烟雨

红　薯

红薯埋在土里，放大一万倍
就成为地底下一座高山
绿色的藤蔓
是一片原始森林

年代久远。那座地底下的高山
曾经是南美洲散落的群岛
一阵季风裹挟，沿太平洋向东流浪
当它再一次定居，户口已是福建
绿色的原始森林，是亚马孙丛林的分支
身份低贱。被年复一年地
砍去头颅

看不见的山，深埋太久
因为缺氧，脸色憋得通红
无数次被采挖，然后再一次深埋
崎岖不平的外表细心地守护着
苍茫的内心

聪明的南方人自恃清高
把那座山取名为苕

一个不起眼的苷，喂养了多少饥饿
当它变身为高烈度的酒精
一碗不可抵挡的乡愁
能放倒所有相思

故乡的小河

远方太远
故乡的小河流了一生，也丈量不出
远方的距离。归期无法确定
大约在冬季。母亲的头顶
正大雪纷飞

没有一个归来是准时的
总是迟于，一股
凛冽的空气。大雁已南飞
牵走一河秋水
母亲在河边日夜守望着
从身体里流失的
另一个自己

河岸的臂弯很温暖
紧抱着河水。夜深了，河水睡去
每当太阳升起，鹅卵石
用一种温情逗醒浪花、河岸
用母亲的仁慈，放生一叶
又一叶扁舟

我也是母亲

放生的帆影，随波逐流

漫无边际。一次又一次从故乡抽离

不知道儿时的小河

已日渐消瘦，一贫如洗

文李湾怀旧（组诗）

1

文李湾是我出生的地方
地处鄂东丘陵，夏天常常干旱
这里的村名都会带一个湾字
仿佛有个含水的名字
庄稼就不受旱灾

百十来人的村子，分成上湾和下湾
仿佛多一个湾就多一条河
或者多一座水库
可是村里的日子总是干巴巴的
父亲与堂叔常常为了抗旱
伤了和气

2

偶然翻阅族谱
文李湾以前有一个更好听的名字——
凤栖村。清朝时

村里出了内阁学士李钧简

李钧简的祖屋早已不存在了
可是每一次
在据说是他住过的地方捡到旧瓦片
我都以为是文物

村里没有一棵梧桐，全是苦楝树
原来不是所有的凤凰都攀高枝
有的也跟祖父和父亲一样
出身贫寒

3

下湾的小孩读书都很用功
上大学的一个接着一个
看着谁拿到录取通知书
邻居都会说他家祖坟埋得好

其实全村跟李钧简共一个祖先
村后的土丘是共同的祖坟
土丘是村里的最高点
我常常背着弟弟站上去
看很远的地方

后来

我和弟弟都拿到录取通知书

去了很远的地方

4

父母都不在了，家里的房子

也廉价卖给了堂弟

之后我和文李湾的联系

是以 4 月 5 日开头的一串神秘代码

老人逐渐离去

年轻人都到城里谋生了

村里留守的大人比孩子少

祖坟比房子多

每年清明

我都会带着国外留学的儿子去祖坟烧香

父母的坟头居然长出一棵苦楝树

父母也许是在告诉我们

人死了以后，曾经的苦日子

还是会长出来

旧时光

堂屋那张圈椅，很老很老了
跟爷爷的年岁相仿，生于光绪年间
陪伴了晚清、民国
也见证了小脚的奶奶
在无路可走的年代健步如常
宫廷的圈椅是红木做的
上面坐着太师，而在乡下
杂木做的圈椅，更像一座围城
常常把生计艰难的爷爷困在旧时光
一筹莫展的爷爷，反复摩挲椅背
掌心的老茧，握不住一把岁月的包浆
圈椅垮的时候，爷爷也垮了
那些榫卯连接起一些黑白画面
记忆中老屋的墙壁上，多了一幅
水墨中堂

荷　塘

一只蜻蜓，落在小荷上
针尖大小的领土，足够它盘桓整个夏天
蜻蜓跟我一样，只有小小的心愿
每到夜晚，全家人都在荷塘边乘凉
我的心愿，不过是一边听爷爷讲三国
一边看荷塘的月色，被一只萤火虫点亮
爷爷的乡音，带着熟悉的泥土味
姐姐的名字里有荷，妈妈的名字里含香
泥土的香与荷香，让赤裸的我
安然地睡成一截慢慢长大的莲藕
奶奶细心摇着蒲扇，为我驱赶蚊子
夏天被奶奶扇得一摇一晃
夏夜的荷塘，泛起几许微澜

英山行（组诗）

薄刀峰

最痛的分离才称得上大别
最俊的山才配得上英字

大别山深处的英山县吴家村
吴奶奶在纳鞋底，尺码正合阿牛的脚
14 岁时她把阿牛送到前线
那个消失的背影，从此只在梦里出现

一辈子不嫁，吴奶奶用一生缝补
龟裂的山沟。纺车摇出的时光失去了尖锐
她把针尖在额头耐心地磨
堆积如山的岁月，被磨成一把薄刀

望不到尽头的碧血，峰峦一样汹涌

天堂寨

天堂也会杂草丛生

放牛的小儿，将一头吃饱喝足的黄牛
拴在如来的手指

喝西北风的大山，为贫瘠的村寨
留出活口。板栗、蕨根、一块块蒿粑
喂饱岁月。向晚的天空呈现回家的角度
夕阳滚落。母亲吐出含在舌尖上
儿的乳名

入夜的炊烟，躺成流动的进士河
河水欢腾，收拢鸟歌、蝉鸣和此起彼伏的
读书声。多么好的人间啊
——众神动了凡心

一座庙宇落入尘世，大别山的户口本上
多了一位永久居民

毕　昇

活字如果开口，应该有鄂东口音
朴实的山里话，一遍遍说出圣人的教旨

唐朝是一个雕版。李白狂浪，杜甫拘谨
疆域辽阔，诗人却走不出一棵枣木的平仄
皇权不可触碰，奏折只能反着贴出来

一片丹心，总是付了流水

大别山的黏土，长成大篆、小楷和山风一样
不羁的狂草。宋朝活灵活现
毕昇是一个魔术师，用一只手捏出
卞梁的浮华

我们是一个活字，风餐露宿，执拗地行走于
漏洞百出的生活

天空是一个村庄

无边无际的黑土上，星星点点的
是农家的烟火，轻风是母亲的手掌
轻轻擦拭一个个小窗
秋天词穷，静默的天河孤独流淌
偶尔有一颗星星坠落，那是儿时的老家
被地产商拆迁，彗尾拖家带口
在城乡接合部流浪
市场经济不需要故宅
乡愁多么辽阔，必须用光年丈量
团圆节亲人在何处，最北的七户人家
满脑子问号，村头一地桂花零落
留守的嫦娥独酌一杯桂花酒
吴刚在异乡的流水线上，加班
农民工哪里有节日
天空是一个村庄，偌大的月亮
是一个小小的空巢

暮秋词

秋风把小河吹到荒郊野外

细水似流非流，仿佛对远方失去

原始冲动，它们在转弯处抱成一团

形成传说中的无人古渡

我为那池秋水取名为海子

谁家的父母在水边眺望城市

岸边一朵雏菊战战兢兢

那是尚未长大的哀愁

季节落下大幕，剧情逐渐收尾

万物的哀荣各有所属

光影里滴落南归的雁声

秋风是正在磨砺的刀片，天空被切削

白云碎成凛冽的六边形

大雪自北方日夜兼程

它将把一切格式化，然后重启春天

岁月不曾饶过一切

却总能得到人们的谅解

老　路

进村的路修得越来越好
笔直、宽敞，柏油路面行驶着 21 世纪的
电动轿跑，路尽头的房子太新
眼前的村庄越来越不像故乡
儿时每天都走的那条小路依然还在
荒芜、颠簸、人烟稀少
她的安静像我过世的母亲
他的沉默一如我天堂里的父考
20 世纪姐姐从这条小路出嫁
20 世纪我从这条小路走到汉口
20 世纪的记忆只是一道自行车辙
我用大半生都解不开一种缠绕
乡愁唯有一条小路可以达到
每年回乡祭祖我更愿意走那条小路
我和从前的距离愈发变得窄小
可是小路走着走着就老了
路边的老槐树，已无力举起一个鸟巢

辑三

如果深情地活在人间

隧　道

隧道虽然阴暗、潮湿、压抑
却是生活的一部分
只要你奔波
必定经历

行进在高速公路上
远远就能看见
一双双深邃的眼睛
用余光捕捉我们
默默地看着忙碌和疲惫
鱼贯而入

鸟儿不喜欢隧道，所以很少进出
天空好啊
莫大的穹顶，无边无际
即便安放一些忧愁，也不拥挤

隧道也不容易
承受山的重压，忍耐幽深的孤寂
只为降低生活的陡峭，拉直弧度
拉近家的距离

隧道是一截倒下的炊烟
一床两头透风的被子，盖不住寒夜
带着满身的烟火味钻过去
一钻就是一日
再钻，就过了一生

黄鹤辞（组诗）

1

不知道是不是法海的安排
威严地立在江的南岸
镇住一条蛇

蛇从山后面探出头来
看着江的对面
将满腹心酸
说给一只乌龟

2

南维高拱是一条咒语
所以汹涌的洪水
总是向北

龙王庙自愧不如
再多的香火
也喂不饱河神

3

美颜技术在几千年前就开始流行
根据不同时代的审美
一直在改变模样

大致不变的，是发型
李白如果再来
当可赋新诗

4

像米芾手中的毛笔
八面出锋
记录城市的历史

城市太过沧桑
所以必须修建几座博物馆
才能存放厚厚的手札

5

黄鹤的翅膀载来白云
建起不光只有传说的楼宇

三月，扬州是一个敏感词
切莫轻易地
从春光里翻出来

告别黄鹤楼，不一定非得西辞
周郎羽扇纶巾，上高台
他飞行的方向，正好相反
荆州城青砖黛瓦
云梦泽有江南的温润
故国泪水长流
从小乔脸上，到东坡词里

黄鹤一去不复返啊
孤帆远影载走了多少故人
夕阳西斜，黄鹤楼隐入一片芳洲
李白在自己的身影里徜徉
把空空的酒杯
留给后来者寻味

消失的扁担

走在汉口宽敞的街道上
灯红酒绿，高楼入云
繁华的汉口
总让人想起一根扁担

汉口是挑出来的
一把刀剖开一根茅竹
就是剖开了一个家
男人们流浪在城里的大街小巷
肩上扛起半边竹子
挑生活

那根扁担，用一辈子的时间
把码头挑到商铺
把晚清挑到民国
把汉正街挑到汉口北
马路越挑越宽
生路越挑越窄

长江大桥是最后一根扁担
没日没夜地
挑着三镇

诗人的弟弟走了

诗人的弟弟走了
正当盛年
诗人亲手把弟弟掩埋

他哭干了眼泪
写下一首伤心的诗
然后默默地把那张稿纸
打印成冥钱

头七，二七，三七
四七，五七，六七，七七

七七是诗人的事变
他开始寡言少语
开始戒烟、限酒
开始锻炼身体

他发誓从七七以后
要活成两个人

弯　曲

弯曲是一种美，所以在我们看见
山岚起伏、小巷蜿蜒的时候
总会莫名触动

梅以曲为美，树也是
一条小河在山脚华丽转身后
不知所终
小鸟在林间曲折
雪花在风中翩跹
燕子的啾鸣也是弯曲的
一种天籁
从屋后绕到堂前

大多数弯曲都是一种妥协
对一种美学百般逢迎
当我们碰到时间的天花板
弓起的腰身
成为一首诗里凄美的句子
像一棵饱经风雨的麦穗
向一把镰刀称臣

眼神是一个例外。总有人
试图让目光弯曲
固执地沿着身后曲折的来路
回望
一个特定的身影

姐　姐

不大的房间，住在一面小小的镜子里
墙上的裂纹把镜面一分为二
镜子漏风，罐头瓶插的夹竹桃轻轻摇曳
淡香的蛤蜊油使陈旧的日子泛出光泽
姐姐是村里唯一的女高中生
在煤油灯下读罗密欧和朱丽叶
在旧书市场寻找杨乃武与小白菜
姐姐的语文成绩很好
尤其对爱情一词理解深刻
她甘愿从贫穷嫁到贫穷
从一亩薄田移栽到另一块旱地
一株运气不好的禾苗总是缺少雨露
本就不多的水分
常常在夜晚从姐姐的眼睛流失
姐姐像后生一样种粮种菜养猪养鸡
美丽的容颜成为我们身上过年的新衣
母亲走后姐姐就成了母亲
像一枚石榴，在红色的心房里
安顿好每一位亲人
姐姐把高中升级成我和弟弟的大学
我们却医不好她右眼的陈疾

姐姐说已经没有什么可害怕的了
她明白当一只眼睛落下太阳
另一只眼里还有星星

贡嘎尔的枣红马

蒙古包飘来飘去，像一朵白云
草原铺开一张辽阔的稿纸，上面写满了
马蹄的狂草，羊群中间
那匹枣红马独自威武
赤兔、的卢，或者根本没有名字
它可能像穷人家的孩子
叫大宝、二狗、三毛子
红鬃、乌唇和闪亮的皮毛
甩动的尾巴有风的形状
枣红马用响鼻打开草原的早晨
抬高的前蹄按响奔跑的前奏
十月的贡嘎尔清晨很凛冽
裹着白头巾的蒙古族大嫂端出
羊血肠、馃子、对夹和大块的羊肉
草原的薄雾起于一碗热气腾腾的奶茶
在天尽头，枣红马矫健的雄姿
被刻进朝阳，克什克腾高高的石林上
悬挂着一枚红彤彤的
马的签名印章

今夜我是一位喝小米粥的君子

我经常分不清喜鹊与乌鸦

如同五月的米小君子园分不清春夏

端午节来到鲁湖边

浩瀚的湖面涌起辽阔的安宁

湖岸拦住了郢都的市井

龙舟划进一卷土黄色的竹简

想起几千年前的悲伤

我突然对所有的水有深深的怀疑

路边的格桑花把幸福开出歧义

剥开粽子的层层外衣

楚国的伤口有出血的痕迹

如果人生注定是一场流放

我是不是那个被锦袍压垮的儒生

纵身跃出读书人梦想的高度

生活给不出所有的答案

今夜我是一位喝小米粥的君子

且学柳永做一回白衣卿相

把七尺男儿的身躯

化作一声轻叹的管弦

我是被时间镂空的作品

五月，风孤独地吹着
油菜花已成怀孕的女子，而池塘里的
凌波仙子，即将临盆

入夜，我被一只金毛羁押，公园里
有溜不完的弯。颈项被那些曲径死死缠绕
我依然伪装兴奋，不时耸耸鼻子
嗅着草香

人工瀑布哗哗地流，看不见的时间
是一个自由落体，与天边的流星同时坠下
我多么像那座假山，千疮百孔
内心早已被岁月镂空，一件不成功的作品
最终摒弃于
一朵玫瑰的记忆

幸亏那些若有若无的气味
反复提醒着
我的出处

非　常
——诗人卢圣虎素描

年轻时在武汉大学学历史，喜欢古籍
五十岁之前就开始把自己做旧

肤黑，皮糙，缺齿，少发，在额头刻上
宣德年窑工拉坯的痕迹

他是自己的考古学家，凭一己之力
把他的断代史往前推了十几年

洪湖出生的男人，内心像莲藕一样通透
而风浪，是心仪的表情包

戴着专家帽，却爱用文字沽酒
税务库里由此多了一位作家老板

诗瘾犯了，去市图书馆做个讲座
喝浓茶，吃肥肉，指间缭绕自己的烟火

视力异常，血糖异常，骨骼异常……
耸耸肩，他笑谈脑袋上的十八只吊桶

每一个部位都年久失修
生与活都不是他想要的样子

他以诗歌为众人相面
在纸上轻松行走的都是非常人

江南故事（组诗）

1. 梁祝

长亭需要多么长，才放得下十八相送
会稽城外的青堆要多么高，才能收拢你的飞翔

你的泪水，打湿了我的泪水

我是一张被箭伤透的弓
在你消瘦如弦的身体上纠缠，而你

跌入一则越剧，水袖摆出的软语
拂去魏晋，揭开盛唐

岁月苍苍，我们剥开一只茧
把全部章节，托付给一把旧提琴

2. 白蛇

一朵液化的云，兀自落在我的伞旁
荷正红，桥已断，天空收回你的归程

江南的小船很浅，载不动爱情

秋天，你褪去盛装，华丽的誓言脱落
中毒的我，深陷于你的真容

你鼓动的潮水，冲不垮俗世的底线
青灯之下，我是一个六根未净的沙弥

想你在无助的夜晚，一声声唤我
官人，官人

3. 黛玉

你葬花，其实是在葬自己
王维是一个误导者

用太多的好词打扮一个丛林
人间布满陷阱，王维欠你一个罗盘

紧皱的眉眼，是别样的山水
锦书不来。而草木，本非我们的肉身

粉黛是一种危险，捧在手心的玉总让人
提心吊胆。来世，做一个行走的三生石

春天，你种下自己
多少年来，怡红院只出产忧伤

4. 阿炳

节节高是一个虚词，一根被砍断的竹子
生命，不过八个音节

手中的马尾，绞索般套住脖子
捆绑在弦上的囚徒，被迫交出岁月的密码

琴弓像一根打狗棍
冰冷的节拍，总是在寒风中沿街乞讨

时光比两根丝线更瘦，泉水里的月亮
在某个雪夜，揉成一张画饼

闭上眼睛是为了隐去泪水
人世苍凉，有多少真相不忍直视

遗　址

语言的出生地也是语言的陵园
发声器兼消音器

第一声啼哭
第一句"妈妈"
青春期的誓言，荒诞的忠诚
过期的情话和不可考证的初吻

中年的沉默
酒后的诳语
临终的遗言
所有的雄辩与悲歌
全部从喉咙出土
——那条黑暗而幽深的坑道
母亲已死
很多事物不再活着

记忆成为抽离身体的文物

牙床是一道古老的河床
海盗反复洗劫沉船

象牙般的智齿不知所终，嘴里含着
一处
荒废的遗址

油啊油

我知道你们有油
却不知道你们那么油

我是人啊
我不是发动机

我只需要黄豆大的排量
很小的功率，聊以抵抗人世的低温

我接近枯竭，脂肪的藏量少于所剩的岁月
不值得反复压榨

请收回黄油手吧
不要摸我瘦骨嶙峋的身体，不要

用挖油井的钻头
挖我的墓穴

辑四

时光在不断持续与返回

迟到的二月雪

老天也有心事，拧巴成一片片迟疑的雪
在夜深人静的时候兀自飘洒
于是有了雪与树的拥抱，有了一夜
喃喃的诉说

人间的窗户正在酝酿三月
过年的窗花春心萌动，计划着盛开
我构思春天，眼眶湿润
而另一个我，在窗外弯下腰
捧起一堆六角形的词语，老天写下的如梦令
细细地品读银装素裹
像一座古庙里的老方丈，秉着烛光
咀嚼一本发黄的经书

人生的许多事情都猝不及防，像
蓓蕾遇到的这场雪，像我遇到你
一切都由一只看不见的手安排
比如在我们必经的路上
安排崎岖和泥泞
不用怨恨，只是用雨刷
默默地向一条不能证明的定律

挥手致意

习惯每一场意外，尽量读懂
一场突如其来的雪
天空也许是言不由衷的果树，落下的雪
何尝不是因为春风
过早猜中果实的心事
一段尚未成熟的风月
被那只看不见的手提前采摘

秋　天

从夏天烤箱中拿出来的秋天
像烤熟了的红薯
金黄、甜腻

乡下的老父亲心里很热乎
一年的汗水终于可以变现了
一份给妈妈治病
一份供我们上学
一份买来年的种子
看见种子，父亲满眼风吹麦浪

被雪花推搡出来的秋天
身上带着几分凛冽

城里的诗人们激动不已
长河古道，大漠孤烟
楼台送别，马上相逢
一只孤雁一滴泪
他们把秋天剪成一段一段的
堆成诗
长长短短

参参差差

金黄而又凛冽的秋天
是乡下老父亲的好兄弟
是城里诗人们的
小情人

无　题

大雁栖落到南方
天空无云
田野被收割
树叶脱光
花儿凋零

世界突然变得空空荡荡

又一年被格式化了
内存空空荡荡

下雪了
大地成为一张白纸
雪白

雪白的纸
内存满血
可以慎重下笔
为下一个三百六十五天
写点文字

春之节

一截春
从鹤望兰的翅膀中闪出一点鹅黄
在除夕夜里点亮一支蜡烛
一丛麦，从厚厚的雪被里探出头来
每个人眼里绿油油一大片

雪化了，思念也化了
团圆酒从喉咙喝下去，从眼角流出来
所有流浪的花瓣紧紧拥抱
开成一朵火红的梅

母亲从阳台上取下风干的腊月
烩成各种各样的美味
父亲沉默寡言，嘬一口烧酒
认真地把喜悦摁进烟斗
深深地吸一口

谁家的孩童，蹦蹦跳跳
红红的羽绒服包裹着身体
像一枚
红红的爆竹

春天的祭奠

三三两两的声音
从树叶的缝隙里传出
一群躲藏在绿色深处的花朵
张开了嘴巴

春天有时候是看不见的
如同那些鸟鸣，和坟墓里的父母
金黄的菊瓣
是鸟儿哭泣的舌尖

春天也不能被抚摸
我们递到墓碑前面的脸
无论凑得多么近
也碰不到母亲的手掌

春天适合祭拜，适合怀念
那块跪得发青的皮肤
适合做成胎记
有些细节需要铭刻
鸟儿是时间的搬运工
不经意间就把春天搬走

致敬春天

从一块冰凌破裂开始，接着是另一块
寒冷在一条河面，渐次崩塌。遥远的北方
喜悦，从细小的裂纹中挣脱出来
像一条刚刚拱出新泥的蚯蚓，乍暖还寒
那条收纳着昭君盛装照片的河流，也着盛装
从大汗的王帐旁，慢慢起身
由迟疑到欢快到奔腾，也是渐次的
冰凌溶解，浪花跳跃，羊马嘶鸣
一种低回的交响在耳边攀爬，直到
契丹人、鞑靼人和女真人猎猎的旗杆顶部
汇聚成唤醒万物的惊雷
柔嫩的事物也可以气吞山河
自北向南，马蹄带着春风
用加速度急急前行
席卷的姿势很猛烈
塞外的牧场和南方的麦田，顺从着
风吹草低，绿意盎然
这是新生的季节，也是重生的季节
尘封的故事纷纷长出胚芽
历史像竹节虫，一节一节地复活
在没有门牌号码的虚空中安家落户

一些词语——

被冰雪覆盖的、结成冰块的词语

容光焕发，活力四射

跟随一串蛙鸣

跳跃在小学生墨香迷漫的书包里

也弥漫在江南的武昌城，三月

揉着惺忪的眼睛，城门洞开

繁荣和喧嚣大摇大摆地出入，无证通行

此刻的东湖，正在接收上天归还的波浪

明月顺着柳丝沉入湖底，打捞

孙权的剑、岳飞的枪、崔颢的诗句

一只独立的黄鹤，几经摔倒，依然临空展翅

顺着白帆的方向，寻找那个同伴

千年的背影

立　夏

春天在前
秋天在后
小心翼翼的夏天
走在中间

夏天不能不谨慎
花朵的编织
谷物的丰满
人世间的美丽和温饱
在夏天的一念之间

夏天最需要冷静
不能太热烈
也不能太悲伤
哭天抢地的一场眼泪
会冲垮一整年

一年四季
只有夏天
必须要像一个成年人

最后的蝴蝶兰

季节是短命的
冬天到夏天相继夭折
那株小小的蝴蝶兰，眨眼之间
横跨了三生

窗花谢了
雪花谢了
樱花谢了
满身的碧绿被田野瓜分
幸存的两朵粉红
站在骨瘦如柴的时光上面
遥望一片山谷

面对迟早到来的凋零
蝴蝶兰倔强地开出
最后的体面

小　满

鸢尾花徐徐打开骨朵
小麦不紧不慢灌浆
萤火虫正在充电
河床梳理发际

幼小的夏天微睁着半只眼睛

小满是一本正在打开的书本
一把渴望试锋的镰刀
一句即将出唇的情话
一个翻身起床的身体

小满时节，万物雀跃
只有写给母亲的半首诗
无法结尾。时起时落的哀愁
青黄不接

东方山

雨中的弘化寺香客稀少
大雄宝殿清风摇摇
药师佛端坐于一朵莲花
无人问诊。湿气太重的鸟鸣
兀自疼痛

下雨是一种病。走马寨有气无力
山路迷迷茫茫
通向未知。树木匍匐
每一株都长成菩提

若有若无的木鱼
敲打各种各样的往事
泉水无声。披上袈裟的石头
陪伴着慈悲顺流而下
此时
每一种冥想都是一种般若

寂寞无可救药
在这个夏雨淅沥的黄昏
心是空的，因为
装满了你

古矿冶遗址

祝融的一粒火种
点亮了铜绿山的漫漫长夜
秉烛夜行
与一群古人相遇

一把铜斧，劈开一座山
把坚硬的文字开采出来
曲曲折折的坑道
是龟甲上行走的笔锋
一座古铜矿里
埋藏着我们的履历

木铲、木耙、木槌和木支架
足以支撑华厦
四十万吨古矿渣收拢的硝烟
堆积出一种高度

独一无二的铜草花
没有一丝铜臭

西塞山

一位披着绿服的道士
在吴头楚尾的江边
千年不渝地守护
只为春意盎然的散花洲

桃花洞是一只千里眼
能望穿曹操的心事
在绝壁上刻下最险峻的词语
吓阻一轮又一轮
顺江而下的兵锋

铁索横江
锁不住桃花流水
一件蓑衣和一条鳜鱼
成为一座城市最骄傲的图腾

张之洞在这里建铁厂
工人们把铁矿石捶打成鱼钩
在斜风细雨的龙窟寺外
和张志和一道
垂钓唐朝

秋天的静默

田野把庄稼交给仓廪

像分娩后的母亲

躺在阔大的床上闭目养神

白云大腹便便，独自忐忑

酝酿着为人间

娩出一场雨水

山峦延亘，沉默寡言，一任

微风合上古寺的眼睛

垂暮的老和尚躺在发黄的经卷里

似睡非睡，等待坐化、成佛

山里的留守妇女坚守着事实婚姻

把满畈的老玉米剥出一村空巢

一队送葬的蚂蚁

压抑着哭泣，天昏地黑

一位隐忍的中年男人

抿一口茶，吐一口烟

生龙活虎与疾病缠身

在毫无防备的夜晚狭路相逢

秋日是一座无字碑

用一片空白和寂静掩藏内心深处的

轰轰烈烈

爱在深秋

暖阳终于挂上头顶

抖落寒气

晾干被秋雨浸湿的光线

天空旷达，万里无云

一只孤独的大雁，张开又合拢双臂

试图反复抱紧

即将开始的异地恋

深秋的爱注定是一场奔波

大雁是月台上站得最久的那个人

眼底是一张黑白照片

人们在卫星导航中搜索不同的目的地

各种各样的爱，像大海中的岛屿

散落，呈点状分布

大雁抱不住其中任何一座

南飞，然后铩羽归来

深秋强忍着大雁的疼痛

而冬天

正在编织一张白色裹尸布

为大雁的爱情

筹备

铺天盖地的葬礼

秋 山

秋山是一个江湖，不同的事物

有不同的身份

在延绵不尽的峰峦上

有高大的乔木，华盖如新

尊贵的冠冕，世袭罔替

一些低矮的灌木，是大地的书童

点头哈腰，低眉顺眼

茅草漫山遍野，卑微地把脸埋进土里

那些骨头缝里长出来的汗毛

是季节工，给养微薄，一脸菜色

每到秋天，它们就会接受轻风的临终关怀

瘦骨嶙峋的岩石，壁立千仞

神隐的大师，

却把日子过成万丈深渊

岩石下的涧沟，喝着消瘦的溪流

它是冷宫中的嫔妃，某一日

得到阳光的宠幸，意外地怀上

龙种，凛冽的羊水中

一条小蝌蚪，悠闲地游走在

现实与虚空之中

风　景

楼顶的风景很好，眼前的月季花
缺少注目，在开与不开之间
迟疑不决
稍远处，绿道蜿蜒前行
像一条蛇，在寻找它的许仙
东湖安静地平躺
让人想起贵妇的惺忪睡眼
从来没见过她起床的样子
憨厚的磨山，像一个憨厚的汉子
寸步不离地守护着湖水
一座没有水陪伴的山是一个鳏夫
所有的高耸
不过是在隐藏寂寞

新　生
——写给即将到来的孙子

亲爱的孩子，你也许是上帝送给我
最后的礼物，被柔软的胎盘
细心包裹，从一个温暖的地方
寄到陌生的地址
我的邮筒已经空得太久了
一如我空洞的眼神

你是哭着来的
你是握着拳头来的
你是乘诺亚方舟划过一摊血来的
一把剪刀，为你剪彩
也为你打开新世界的尖锐和疼痛
你的脚步虽然柔嫩，但是有力
如同早春的雷声
我牵着你的小手，一如牵着
我的晚年，我们一起前行
在泥泞的人间，依偎成
一个人字

下　棋

摊开破败的秦国，刘邦和项羽
在楚河边摆开架势
两个偷闲的老人午后对弈
为古人的地盘争一个你死我活
跳马，关山一日又一日
飞象，田亩一垄再一垄
隔山打炮，生活被炸得满地鸡毛
平静的晚年烽烟骤起
一杯茶，一支烟
吞吐间江山已几易其手
老伴提醒，退休工资刚刚到账
晚饭可以适当改善生活
孙子的校车已到楼下
他才是九宫里不倒的帅旗
该做饭了，围裙是将军最好的甲衣
沽二两小酒，与死去的兵士对酌
江山锦绣，它就在那里
我们充其量就是过河的小卒
时常要充当别人的炮架子

死　亡

"不要哭泣，我还会盛开"

一只枯荷对蜻蜓说

"壮士一去兮不复还"，话刚出口

荆轲已死了 2000 年

没有什么比死亡有更高的确定性

金丝楠木做成棺材，亡了两次

哀乐被唢呐吹响之前，心已成灰

溪水总是殁于一条河流

滩涂是浪花最后的陵寝

果实转世为果实

王朝投胎成王朝

文明之死与物种之死谁更宏大

死于流弹和死于流言都符合生物学原理

壮烈或者平庸只有书面意义

炼丹炉辜负了多少君王

尼采的上帝也不能幸免

心比天高总也高不过一座坟茔

死不足惧，因为终将死去

所以我们活着

太白山读雪

十月上秦岭，才能明白什么是分界线
南风在山脚下裹足不前
江南的楼榭正是你侬我侬
北方的红叶已在跟往事挥手再见
太白山顶的白雪铺开一本无字书
我凛冽的家世一览无余
阅读父亲的白发和杂草丛生的简历
六角形的文字刺痛我的脸
父亲翻越过无数沟壑
弓起的腰身不低于拔仙台
他对过去讳莫如深
我的心里平添巨大的留白
父亲因为负重得到一个外号：驼子
那个名字刺穿我整个童年
父亲的身板算不上伟岸
背上堆积的盐巴
却早已厚过眼前的积雪

在函谷关

历史是一个卷轴，折叠成秦岭南麓的
一道函。千年的流水是一个邮差
从峡谷中送出一道道捷报或者死讯
拆开尘封的信笺
战国的烽烟依旧缭绕
一头彻悟的牛，先于熊熊战火
把一位老者和一本《道德经》送达中原
中华的简介被嬴政缩减成五千字
夜宿灵宝，我不能确定自己是哪里人
身份证上的地址朝秦暮楚
通往咸阳的古道已不可落脚
过得了情关的人
不一定过得了秦关
风光不二的纵横家们踪影全无
时间像一个鸡鸣狗盗者
早已从我们的十指关暗度陈仓

五月日记

诗歌如同女人，是水做的
在阳光明媚的上午，搜肠刮肚
嘴唇紧闭的五月，居然
吐不出一个句子

小区宁静，曲径把玩自己的复杂
假山挖空心思，上蹿下跳的田鼠
恣意捉弄老迈的春风，雨水了无踪影
缺少滋润的月季花摆不出妩媚
阳台上那只无所事事的孟加拉猫
在忧国忧民

尿酸又高了，错误的潮汐起起落落
伟岸的身躯不敌一粒小小的胶囊
左手的时间冒出青烟
右手的茶杯正慢慢收拢
体内的海

我努力挣脱五月光线的捆绑
拒绝向趾高气扬的钟摆
俯首称臣

车窗拉出一卷怀旧的胶片

雨中，高铁俨然一架移动的摄像机
一排车窗，拉出一卷怀旧的胶片

远山很远，树木归于混沌，黛色的边沿
有虚构之美。此刻，野兽在山中出没
火药已经潮湿，放下枪管的猎人
手持竹笛，一种悠扬让旅程有了和声

快门捕捉不住一片闲云和
一只野鹤。田野、丘陵近在眼前
群演都在抢镜，村庄和炊烟用无限静谧
诠释着主角的潜质

半山突然闪现几个花圈，挽带还在颤抖
黄色的土质，看上去是一新座坟
哭声消散，有多少悲伤的故事
在剧情还没展开之前就已经结束

月台人潮汹涌，昨夜的月色
安抚着多少离乡背井

辑五

无法忘却的父亲和母亲

父亲的一场雪

必须有一堆熊熊炭火
庄稼把式的手能抚摸到温暖
把北风烤成古铜色
数着掌心的老茧
盘点丰收

必须有大碗呛辣的烧刀子
与老伙计们痛饮
几个蒜瓣，一把花生
拨开发芽的蒜瓣
里面有春天的模样

必须有一扇魔幻的窗
窗外是鲜花、绿草、青苗荡漾
窗内
老少无病，一家健康
化肥充足，牛羊肥壮
盘算好翻耕寒冷
犁出春光

父亲总是对一场不期而遇的雪
半信半疑

父亲的土地（组诗）

1

像一位盛装的公主，威仪
又深情款款

不知道你精心包装的礼物
是怎样一个今年

2

我们比肩，沏一碗清茶
然后把眼神投向暖风吹皱的湖面
湖水里装着山川、日月
白云和怀念

我们讨论气候、土壤、种子和收成
签下一纸合约
我们决定改良运气
把去年歉收的季节
重新播种一遍

3

我们深情地看着田野
计划安排一场浇灌
冻僵的泥土在一场雨水过后
会变得水灵

一头老牛拖着犁耙
在翻耕生活
老牛喘出的粗气
牵动着三月屋顶上的炊烟

炊烟很轻很轻
心愿很沉很沉

4

我凝望着天空
你凝望着我
绿油油的小麦凝望着你
一切都是最好的安排

飞到南方的大雁又飞回来
因为思乡，大雁瘦了一圈

显得更加精神

空气友好，暖意绵绵
麦浪摇摆，意兴盎然

5

反复在一首诗里
不自量力地植入土地。就像
在一本书里，轻巧地塞进
一页书签。像鸟儿年复一年
在春天安排啾鸣

土地一如既往地苍茫
作为史前的微生物，我们早已异化
成为苍茫的敌人。一代一代刀耕火种
把土地变成田野，把山川变成河流
用毁灭的方式获得新生

6

天地玄黄，厚土无声
父亲喂养土地，土地喂养我们
我们喂养喜悦，喂养哀愁
土地不是土地。是平铺的

摩崖石刻，是撒在人间的佛咒
父亲的图腾

父亲弓着身体，像一头老牛
一具犁铧。匍匐或者跪下
用最谦卑的礼仪供奉土地
所谓的风调雨顺，人寿年丰
其实是父亲长年累月磕破头颅
得到的布施

写给母亲（组诗）

判决书

你去世时，我大学刚毕业
到手的工资
不够为你买一副棺材

我甚至养不活自己
捉襟见肘的日子总是白雪皑皑
有一次探亲我回家求援
你拿出全部家当
一张舍不得买药的百元钞票
和满眼泪水。我知道
你不是在心疼一百元钱

你突然走了！那张百元钞票
成了一张判决书
密密麻麻地写满对我的声讨
自私自利的我
十恶不赦

我的灵魂被判处终身监禁
一辈子都不曾减刑

那一年

那一年春节后你送我去城里上班
叮嘱我多回家看看，你说
你的日子有一天没一天
你说这句话的时候
天空飘来一朵乌云

那一年家里盖了挺拔的楼房
村头的小路却被寒风吹得歪歪斜斜
你刚刚接管了全家的财政大权
可手帕里包裹的全是借条
无法为自己的病痛
找一个处方

那一年你走了，在我生日的第二天
三月十三，母子失散
你来不及挽起一根线
收回漂流的风筝
我拿着那封颤抖的电报
像拿着
自己的死刑判决

从此我长病不起
从此我的心脏不能正常跳动
每当遇见阴冷的日子
我都像一个晚期的风湿病患者
一瘸一拐

后　来

我从来都不是一个好儿子
虽然读书时门门功课都是优秀
在邻居眼里
我也只是
别人家的小孩

不曾给你买过一件衣裳
或者抓一服药
风里来雨里去，你早已成为
被风湿淹没的河流
河岸正在溃塌，而我没有读懂
一个蚁穴的疼痛

我把你的名字喊病了
我把你的疼爱走丢了
我一遍一遍地背对你的目光

自以为是地
闯世界

后来才发现
那个没有娘的所谓世界
暗无天日

母亲的目光

每一次离开家乡，我的背影
都会深深陷入母亲的目光
不能自拔
走在家乡的黄土路上，踮起脚
不舍得踩死一朵野花，或者
一只曾经的玩伴——蚂蚁
沙沙的脚步声很轻，母亲有时候
听出了再见，更多的时候
母亲的耳朵里全是我的牙牙学语
我小心翼翼的脚步，还是一次又一次地
踩碎了母亲的目光
流浪的理由有千万种
回家的路，只有这一条
长途车站到家的路程
不到一公里。十分钟的距离
母亲用一生的时间也没看到尽头

虽然母亲总是用力地搓揉眼睛
甚至望眼欲穿

母　乳

茶园总也站不直，倾斜着
挂在一面山坡上，它选择角度
一种恰如其分的肢体语言
对阳光表达谦卑，母亲常常
跟茶园一样弯着腰身，谦卑地
对茶园表达一种感恩
那片茶园
祖上已耕种多少代了
数不清的子女
用同样的角度弯下身体，预备，起跑
从大山深处跑进城里
跑进现代化
只有母亲，坚守着山坡
年复一年地采撷旧时光
母亲发酵成一片陈年的普洱
每年清明
经过阳光的蒸煮、春雨的冲泡
香浓的茶香从茶园飘进城里
流浪的我们，于是又
源源不断品尝到
另一种母乳

雪

大风洗劫了天空
破碎的星星撒落到田野

一瓣红梅在风中摇曳
是谁的朱砂痣
在皑皑白雪独自鲜艳

父亲看不见那一抹红
父亲的心里
翻滚着大雪覆盖的碧绿

雪夜的父亲满眼苍茫
一如天空

码　头

没有什么比一座码头

经历更多的流浪，一条又一条江河上

码头无处不在，居无定所的码头

每一分钟都在出发，目的地

比远方更远，择水而居

与风浪为伴的码头

是一块阴云，无时无刻不

笼罩在他乡的天空

母亲心里总是阴雨绵绵

它又是一张止痛贴，紧紧地贴在

故乡的胸口，专门医治

游子的乡愁

父亲的骨灰

父亲喘完最后一口气，终于睡着了
他最后的口型，是一个带有遗憾的句号
父亲刻意省略了七十六年来
不可言说的酸楚，焚化炉前
我目睹了父亲一生的烈火熊熊
他的头发首先点着了，以壮烈的方式
把火炬传递下来。然后是肌肉、骨骼
直到所有的苦难化成灰烬
我亲手把父亲的骨灰，小心翼翼地
捧进一个盒子，就像把一朵朵白云拼凑
曾经的天空。有一些大块的骨头
依然坚硬，烈火烧毁不了父亲的性格
我不敢漏掉父亲的一粒骨灰
就像不敢漏掉余生之中
每一个做父亲的日子

我的岳父

2018 年 5 月 1 日，年过八旬的岳父
带领全家人回无锡祭祖
岳父烧着纸钱，嘴里喃喃有词
六十年的惦记压缩在跪倒的双膝
那一刻岳父的头颅高于惠山
岳父生于江南，长于江南
十几岁从运河开拔到鸭绿江边
之后又从鞍钢辗转武钢
在大冶，一头埋进张之洞的铁矿
大干快上，岳父成为一块铁
五十年代被搬到了市政府
不抽烟不喝酒，唯独放不下故乡的甜
在信访局干了大半辈子
为无数的困难户清理衷肠
岳父生于 1934 年，今年八十有七
平凡的一生小心翼翼
最大的壮举是把心尖上的女儿
嫁给一个贫穷的读书郎
今天见到岳父，老人日益清减
渐渐低矮的身体上
又瘦去一些时光

写给叔父

想给叔父写一首诗，我居然
找不到词语
就像在丹江口水库找不到杂质
汉江水多么清澈，不需要任何装饰
六十年前，叔父牵着婶娘
两个风华正茂的年轻人，从鄂东到鄂西
用大学的典籍垒一座大坝
叔叔研究地震，是水库的守护者
总能让一股洪流风平浪静
一辈子与水打交道的人，最懂得
上善若水，叔叔的眼底流动祥和的蓝
子侄们是蓝色里游动的小鱼
那一年叔叔病了，安装了两个支架
我想安慰他，依然找不到词语
他知道自己就是大坝，不能溃堤
他惦记的不是血管阻塞，而是南水北调
水渠是否通畅，静静地躺在省城医院
血管像汉水奔涌，他自己就是支架
固执地撑开一条蜿蜒的河流
一头滋养荆襄，一头牵挂华北

最深的爱往往无法说出来

父亲活着的时候，沉默寡言
有时候整天不说一句话，一具铁制的犁铧
舌头被一株小麦或者一朵棉花的根须
紧紧缠住

父亲用一生活成一个哑谜
谜底深埋在地里，像一个憋得通红的番薯
喜欢一个人在田埂上走来走去
反背的双手握着秋风，对一头老牛喃喃自语

2006年，医生从父亲的喉管切下一团组织
血肉模糊。那个肿瘤堵住了他的声道
体内有一个话语淤积的堰塞湖，临死也没有
说出我最想要的那个字

如今我不停地写诗，父亲在一个个句子里
滔滔不绝。句子不能承受父亲的重量
曲折，颠沛，不可言状，直到我有了孩子
才读懂人世间——

最深的爱往往无法说出来

母　亲

生活对母亲不友好，及到 13 岁
父母毙命，唯一的哥哥在监狱度过余生
旧时代的浊浪，把一个童养媳
冲击到一个雇农家里
我不知道要多少眼泪，能将嘴角的玉食
一把抹尽。母亲开始下田，喂猪
开始砍柴，煮饭。带有缺口的陶碗
漏出老屋反复的北风
母亲没有怨恨，一双稚嫩的赤脚
在红安县，爱抚荆棘丛生的大山
眼神宽容而坚定，两口枯井
用温润的光，原谅年复一年的寒冷
1964 年，母亲在剧痛中剥离子宫和包衣
把我和对尘世的爱，和盘托出
她养育了五个孩子，一串营养不良的葫芦
压断一根营养不良的稻草
1990 年，疲惫不堪的母亲
收回眷念，一滴血挂在嘴角
母亲用殷红的遗言
说出一生的干干净净

辑六

从日常中滑出的行板

磨山脚下

在磨山脚下
找一处盖着黛瓦的宅院
沏一壶寂静
看着水对岸的行吟阁和屈原
喝东湖

一只小鸟装扮成一只凤
抖开翅尖，晾晒楚国
荆棘死去的地方
长出一座楚城

我们喜欢活在历史里
一厢情愿地把自己当成郢都人
左手楚辞，右手楚戟
然后骑上庄王的高头大马
在编钟淡定的敲击下
霸一回春秋

最后还得用几千年的那片茶
就一颗粽子
一粒粒煮熟的糯米黏成一团

抱紧的山河
不能分离

遥望一片海（组诗）

大海是一位母亲

遥望一片海，能满足我们
对母亲所有的想象
宽容、柔软、饱经沧桑

大海是一位母亲，蓝色的羊水
孕育海藻、贝壳、无数鱼虾
慈悲地收留
跌落的星星和月亮

太阳是大海的长子
勤劳而沉着。每天
准时从水里爬起来。在天空
翻晒气候

屋檐下的雨滴，是走失的孩子
它们手牵手成为小溪
在深山一路乞讨。即便
被石头和树木拳打脚踢。衣衫褴褛

矢志不渝地向东。在每一个出海口
长大成河流

我们都是大海的孩子
体液中饱含大海的咸腥
波涛在我们的额头
刻下胎记

田野里耕作的父亲
是电闪雷鸣的海浪中
一艘
颠簸的渔船

渔　村

长年累月的海风
吹弯一条小巷

渔村星罗棋布，像一张网
一半在海里
一半在岸上
一窗灯火，睁开一只网眼
疲惫的渔船歇下船帆
桅杆顶端冒着海风，像疲惫的渔夫
举起一袋水烟

晾晒一滩鱼，就是晾晒一片海
渔歌不息，渔舟唱晚
乡音潮湿，夹杂着鱼腥味
家长里短的对白
跳跃着
新鲜的对虾

渔村是一个故事。困在海边
多少年。没有开头，没有过程
也给不出结论

礁　石

大海上最先醒来的
永远是礁石

无论多大的风浪，礁石
始终高举一只拳头
坚守渔夫的主权，也指引渔夫
捕捞幸福

浓缩了大海所有的孤独
那些礁石
比大海还要古老

它们是祖先的墓碑
也是祖先的祖先
留下的遗言

礁石其实从未睡去。它们是
沉没在海底的祖先
不屈的头颅

时光谣（组诗）

1

总有一些时光
注定会被虚度。就像现在
我们能腾挪的空间，大不过一支试管
身体成为狼烟四起的战场
噼噼啪啪的咳嗽声，如同炸弹声
此起彼伏。刀片割开嗓子
把无奈的时光，跟几粒胶囊一起
一点一点吞下去
那些时光，莫名其妙变成垃圾
变成身体里无用的阑尾
生命很短暂，但此时
不得不忍着疼痛
割掉一截

2

时光是什么呢
是月之残缺，雁之箭伤

是一个垂死之人

对下一个太阳，望眼欲穿

新鲜的肺和陈旧的肺

布满相同的结节

像一座座坟茔，肿瘤般

在健康的原野里肆意扩散

窖藏已久的时光，成为一坛苦酒

横在嘴边的那一截，是一支

忽明忽暗的香烟

生命像一把漏洞百出的尺子

总也测量不准

时光的长度

3

进入腊月的时光

在风雪中匍匐

故乡是一张黑白照片，翻飞在风里

翻飞的，还有归乡的小路

瘫软，蜷缩，抖落所有的脚印

春天近在咫尺，但并不是每个人

都能够看到腊月的另一头

天气太过寒冷，时光

凝结成一座冰山，或者一捧黄土

终其一生，我们能做的

不过是攀爬

像一个个在风中飘荡的蜘蛛人

那根命悬一线的绳索

随时断裂

4

冬天过去后，春天还是会来

高高低低的燕子，稀稀疏疏的炊烟

点亮时光的背板

零落的村庄，新添几许憔悴

荒冢长出花草，余悸犹存

清明时节的雨水会不期而至

时光洗去毒性

新寡的小妇人，整理好蓬乱的头发

曾经枯井一样的眼睛里

将一艘固步已久的帆船

推入春潮

月色一天比一天丰盈，仿佛

它不曾瘦过

宽　容

想到宽容，通常会想到大海
那种无所不包的辽阔，除了一叶孤舟
所有的理解都不算真切，在北方
广袤的东湖，也可以被叫作海
湖水的坚硬，远不及石头
经常被一座山丘侵略
东湖让出一些地盘，让一个小小村落
有了户口
漫步东湖，常常能看见
一排枪一样的钓竿，指着东湖的鼻子
东湖仁慈地献出一条鱼
滋补贫血的母亲，也让嗷嗷待哺的孩子
多一口奶水
东湖和她哺育的山里，没有一间庙宇
她的宽容与隐忍
自带佛法

眼　睛

有人喜欢说东湖是城市的肺
自私的人类，试图把千万人的浊气
由她一个人吸入
这是多么不公平，东湖虽大
但不足以承受生命之重
我们不能让一个重要的器官
布满结节或生出肿瘤
东湖一旦病了，整座城市
都会喘不过气来
我更愿意相信，东湖是城市的眼睛
秋波流转，百媚千娇，曾经见证
一座城市反复跌倒又爬起来的眼睛
深沉睿智，有时比小鸟的眼睛更小
有时比天空，更辽阔
东湖是用来疼的，阡陌组成的根系
早已深植于
武汉人内心最柔软之处

残　垣

在东湖的深处，总可以看见一些残垣
城市生长太快，缺钙的老房子
依次被推倒，故乡很快会被绿色覆盖
那些残垣迁徙到繁华街道
长成现代化的摩天大楼
流落到闹市中心的老人们
生活的富丽堂皇与乡愁的杂草丛生
形成尖锐的冲突
他们在阳台种一些绿植
或者在鱼缸里养几尾锦鲤
习惯了头枕波涛并与鱼为伴的人
会在东湖放养一艘游船
起风的时候，过于安静的生活
有一些颠簸，只有那些颠簸的日子
能让他们睡得踏实

屈原像

毫无疑问，孤独是屈原的宿命

无论是在王宫大殿，还是在东湖公园

屈原总是形单影只

学富五车的三闾大夫，也有佩剑

可惜大王和满朝勋贵，无人能读懂

那支剑的锋芒，生于楚国的人

一生离不开风浪

生于水，也死于水

纪念一位诗人，最好是把他的仪容

安放在水边，然后

用石头垒起一座江山

用一座亭子，模拟一座庙堂

离骚和九歌生生不息

就像楚国，可以隐姓埋名、流离失所

但是用九个脑袋组成的生命，足以

绵亘千年

眼　镜

同样的玻璃
有着截然不同的秉性
近视镜高瞻远瞩
老花镜偏好看清眼前
平光镜通常不用来看东西
而是掩盖无知
太阳镜是一种偏见
自欺欺人地过滤优点或者缺点
显微镜也是一种眼镜
擅长于放大物品
也放大情绪
再漂亮的眼镜
都不会流泪
那些看得清大千世界的物件
看不清疾苦

大研古镇

丽江是银做的
银镯、银镜、银链、银锁……
大研古镇是一个新娘，凤冠霞帔
挂满银铃般的笑声
叮当作响

四方街的斜阳
拉长四面八方送亲的身影
那些匍匐的人形
在青石板的缝隙里
寻找福音

一位伤心的母亲
在拉市海，对着水面
用一个缺齿的银梳
打理蓬乱的心情

她的门齿脱落，剩下一个银色的牙根
曾经与狮子搏斗而脱落的牙齿
长成一座狮子山
满山的花朵
都是大研的嫁妆

泸沽湖

摩梭人崇尚自然
他们把泸沽湖脱得一丝不挂
平摊在
宁蒗的怀里

水是仁慈的。一望无际的湖泊
是摩梭人的阿咪。她用仁慈守护万物
鱼虾、大雁、野鸭和丹顶鹤
每一种生命
都有一个成人礼

平摊在高原的泸沽湖
通透，而且冷艳
每个人都梦想与泸沽湖走婚
做一回高原的女婿

我是故乡的湖水蒸腾的白云
偶尔滴落在泸沽湖的波心
今夜无眠。在摩梭人的木楞房里
躺成一条冷水鱼

广场舞

黄昏时分，清风徐来
一群料理完家务的大妈大嫂
聚集在街边跳起了广场舞
夕阳正在下沉，属于她们的兴致
刚刚升起，此刻
她们回到了幼儿园
一台老旧的录音机
客串着和蔼可亲的阿姨
她们的双脚有力地踩在音符上
踩流行节拍，偶尔也踩戏曲
在时光隧道里来回穿梭
开心的样子，仿佛踩平了
曾经所有的崎岖
击掌，踢腿，旋转，翻飞
抖落身上的柴米油盐
和岁月中多余的部分
没有读过尼采，但她们是
天生的哲学家，深谙，舞蹈的意义
她们又是艺术家，把生活和美学
拧成一股秧歌
技法娴熟，就像在厨房里
炸一锅麻花

饮　者

饮者，都有河流一样的喉咙
茶水、白酒，或者葡萄汁
在那条河流里
翻起五味杂陈的浪花

人间纷扰，各种存在
堆积成阻滞的河流
不时会发出咆哮，一段意义含混的歌词
像一把遮不住雨水的伞
饮者和伞
都是浮萍

饮者的喉咙，吞掉大风
吞掉雨水
吞掉山川与日月

饮者身体的最深处
是一片海

一滴水

不要轻视一滴水，它渺小的身躯
是风暴的发动机，当它们结伴
从天空倾泻而下，那种雷霆之势
万夫莫挡，如果没有那滴
从天空滑落的水，每一个春天
都不会如期来临，江河停止澎湃
留给我们的，只有满目疮痍
当一滴红色的水从笔尖流到纸上
冬天将以梅花的方式打开
而当它从心脏流出
整个世界，会为之疼痛
一滴水是不可承受的生命之重
没有人担当得起啊，特别是
当它从母亲的眼里
流出来

从前慢

花不尽的时光，在一折京剧里
被西皮二黄的长腔一拖再拖
从前的爱情需要交给一匹快马
在一个望眼欲穿的绣窗前姗姗来迟
从前的诗不能一挥而就
是酒窖中的五谷，酝酿经年
在歌女的梦中婉转地慢慢结尾
从前病去如抽丝，垂死的病人
被一只瓦罐和几分文火耐心煎熬
然后与一服中药同时入土。从前啊
归途更远，故乡在驴背上昏昏睡去
赶考举子，紧抱黄榜
在驿站蹉跎雄才大略，策论中的锋芒
是官家一百道御膳后的小碟
从前小脚的奶奶步履蹒跚
一辈子也没走出
我的记忆

无 题

——读雷默兄禅诗

你坐在凳子上
你的字
坐在纸上
白纸的四周有低低的围墙

一支秃笔，在你的掌心脱发
孤灯斜照，正在剃度的笔
影子倒向
大雪纷飞的寺院

寒鸦惊起，寂静的诗句里
啊了一声

听评书

躺在床上听评书
睡意蒙眬的我
在汉朝睡着了
错过了刘邦登基

清晨醒来
评书还在继续
韩信在 2023 年某个早上
也睡着了
错过了刘邦的葬礼

桃花潭

桃花开在
万家铺子的酒瓶上
潭是一个杯子
酌满盛唐

一叶青莲
从江油漂流到泾县
江山千里
大不过李白的酒桌

小小的清弋江
在居士的身体里
穿肠而过

石　涛

广教寺有三座古塔
两座还挺立山间，像两炷香
而你小成一根苦瓜
早已被慈悲的山风摘取

没有比宣州更朴素的土地
明朝褪去华服，隐于皖南
在铁蹄踏过的山间，不经意地
捡到你转世的名字

一只已然剃度的秃笔，坐在掌心
把祖宗的江山和苦楚
搬入一张宣纸

敬亭山和李白
都是草稿

悲伤的叶子

——听罗德里戈《阿兰胡埃斯协奏曲》

云杉的叶子是尖锐的，像一根针
罗梅罗怀抱一片云杉林，只手弹拨
叶落如雨，每一片叶子
都住着一个西班牙

罗德里戈姓罗吧
罗梅罗罗密欧都姓罗
他们跟红军战士罗娃娃也许同宗
他们是同一片叶子，忧伤有着世界性

罗娃娃松开阿兰的手，过黄河了
阿兰像一片被松开的叶子
握不住自己，黄土高原飘来飘去
阿兰不知道西班牙
陕北雪松与欧洲云杉有着同样的尖锐
像一根针

归根的罗娃娃已经找不到那片落叶
罗娃娃哼起了《兰花花》

洪水退去之后

养育生命的平原，一夜之间

张开大口，洪水

是唯一雄辩，滔滔不绝

村庄、集市、草民、来不及出生的孩子

和行将就木的老人

漂浮的物质

是倒扣在波涛上的起诉书

上善若水，至恶若水

人间只不过是一片汪洋

天堂到地狱最远的距离只有 12 米

洪水退去之后

光明走失，真相面目全非

黑暗的河床上，一只断尾的蚯蚓

在扭曲的泥泞中哭泣

屈原、王国维、老舍

花园口的乡亲、1954 年的市民

无数双无法闭上的眼睛

今夜，与涿州在一起

棋局论

字面上的人兽组成一个江湖

名字叫局。它也许是千万个江湖中

最小的一个

远离庙堂，规则不能马虎

草莽也少不了最森严的统治

豪华车可以横行霸道

千里马常常迈不开马腿

卫士杀人只需一个侧身

卑微的卒子拱出棋盘也没有退路

拆掉架子的炮只能是哑炮

威猛的大象深陷于田野的泥沼

红色是佯醉，黑色笑里藏刀

每一次移动都是深深的套路

文天祥匡扶大宋，他在下最后的盲棋

顾雍不顾儿死，刘邦不帮父生

纸糊的国土寸步不让

世事如棋，错一着美人和江山尽失

乌江渡口，不愿称臣的乌骓

隐于一片浪花

埃及掠影

文明的巨石，被沙漠的烈风
切割成尖锐的四面体
狮身人面的阿拉伯勇士，趴得很低
像匍匐的三芒草，掩藏十字军的铁蹄
运河是帝国的伤口，那一片海
因血得名，西奈半岛是艳后的手帕
至今还有一股腥味
青铜迷失，浪迹于洛阳
成为周天子的社稷
东方豪杰的心里都有九尊大鼎
中原从此不得宁日
法老太老了，撒哈拉深处
木乃伊已抽离灵魂
注入
一匹跋涉的骆驼

在瑞士

1

此刻，日内瓦湖风平浪静
桅杆林立，大炮向和平举起白旗
在联合国总部
政治家们高谈阔论公平与博爱
万里之外的伊拉克
坦克正像蝗虫一样碾过

2

穿越阿尔卑斯
阿尔伯特的卷轴次第打开
羊群洁白，像山顶滚落的雪球
牛铃铛响起来
我慌忙摸一摸书包
眼前浮现老师严肃的表情

3

在卢塞恩，买一块手表
习惯性把指针调到北京时间
北欧的阳光不能把东方的头发
照得金黄，我的手腕上
一刻不停地挽着
母亲的目光

米开朗琪罗广场

米开朗琪罗用一把泥刀

割断伽利略和哥伦布身上的绳索

使尽周身之力，把太阳推向宇宙中心

并用旧教堂的石头

把意大利雕成一个艺术品

大卫褪去了血衣，一丝不挂

伟岸的私处举起中世纪的火炬

佛罗伦萨的灰烬上

新鲜的鸢尾花正在怒放

但丁故居的窗户为什么那么高

让人想起牢笼

爱情不会被囚禁或者绞死

贝特丽丝是一段神曲

亚平宁啊

还保持着歌唱的口型

伊斯坦布尔

没有一座城市像它一样

性格复杂，按色彩心理学分类

它兼具地中海的蓝与黑海的黑

也许还有蒙古高原苜蓿草的翠绿

索菲亚大教堂与苏丹艾哈迈德清真寺

近在咫尺，都不愿意首先伸出右手

安东尼走了，渥大维走了

埃及艳后淹死于自己的泪水

奥斯曼一世骑着蒙古人的高头大马凯旋

大陆从此分离，像走失的兄弟

人类最深的隔膜

大概如同一湾海峡

十月的贡格尔

贡格尔骑着白马，跑进十月

青草染黄秋风，缱绻的天涯路

像松弛的马头琴弦

牛群啃食完夏季，在天尽头

嘴角反刍出故国的夕阳

耗来河波澜不惊，世界上最窄的河流

绵延着最长的蒙古调

时光有惊人的记忆力，初临的冰雪

染白了阿斯哈图石林的发型

匈奴的骨骼伤痕累累

昭君隐忍着中原最深切的疼

达里诺尔是不再开口的八音盒

心底埋葬了震耳的喊杀声

一只雄鹰划过天空

在历史课本里若隐若现

红杉林孑然屹立，像北伐的士兵

两千年来，一直高高地

举着霍去病的马鞭

乌 鸦

没有人比我更懂黑色幽默

从图腾变成咒语

只需一个唐宋

天鹅的世界里我是有罪的

我的颜色只在盲人眼里享受正义

百灵悠扬，鹂声婉转

聋子耳朵里所有的鸟语都是摆设

我跟喜鹊有很近的血缘关系

天命玄鸟，降而生商

乌鸦报喜，始有周兴

谁的祖上没有阔过

把乌当巫的人，没有读过我的家谱

黑命贵，不存在的

我只是一朵小小的夜晚

一个寒风中怕冷的风筝

如果有来生，不要给我寓意

不要用竹竿捅我的老家

我年迈的父母已无力捕食

我家徒四壁，一无所有

除了嘴角几只虫子

痛　风

世间，有一种风是痛的……

穿过厚厚的夜色，它总能精准地找到
我的指尖，刺穿心扉的闪电
具有弗洛伊德的魔法，把所有的梦境
拆得七零八落

东风、南风、西风、北风
每一种风都会拥抱一朵花儿
痛风属于龙卷风，动一动指头，足以将
黄土埋了一米多深的我
连根拔起

我不得不跟大海和解
鱼类、贝壳、海藻，甚至一张渔网
都是我的兄弟，我不能贪嘴
网眼张得大大的，慈悲地放生所有
大海的孩子

我得疼惜每一颗豆子，特别是红豆
相思之物
是咽不下去的殇

风　语

在风的眼里，一切都是暗物质
风看不见一切，风只顾自己行走

撞上山，山摇
撞上水，水移

撞上一本书，页面飞起来
所有宏大的论述都立不住主题

撞上一座寺庙
屋檐下风铃的碎语，为众神祈福

我们也是暗物质，风撞上我们
轻则蓬头垢面，重则无声泪流

如果被人造风撞上
每一个灵魂，都东倒西歪

夏至断章

艾草已经枯黄，五月的药性
治不好季节的沙眼

北斗星顾虑重重，折叠的问号
向遥远的南方求解一道方程

从咸鸭蛋里掏出一枚太阳
大地正泪流满面

可家书无寄，虚构的故乡
邮路被一种滂沱阻隔

父亲磨亮六月的刀口，铁锈色的
蓑衣上，有雷雨交加的痕迹

今夜，老宅黑成一朵乌云
重重压在鄂东，那片按捺不住的丘陵

磁湖韵

一坛清水，被城市娇生惯养，温柔
而纯净，一只丹凤眼
处子般阅读蓝天和白云
杭州路省略了苏轼的背影
用一座拱桥描述与苏堤的世代血亲
香樟你侬我侬，龟裂的唇语
吐出吴侬词根，桂林和广州在柯尔山
撞个满怀，安流塔于古渡遗址
长成河神，澄月岛盥洗月亮
鲢鱼墩有岁月的鳞纹
规划馆是一个书童，在湖的一隅
写生，城市在它的尺素里生出虎气
楼外楼的灯光入夜即醉
情人路踉踉跄跄，扭动的腰身
有款款风情，湖面多么惬意
没有白头芦苇的愁绪
也不见枯荷伤秋的败笔

后 记

岁月不居。1964 年出生的我，转眼就 60 岁了。拙作《活在人间的秘密》终于付梓，这是我人生第一本诗集，也是送给自己花甲之年最好的生日礼物。我像一个晚来得子的父亲，想着即将诞生的新生命，激动兴奋有之，忐忑不安有之，可谓喜忧参半。

与诗结缘，起于大学时代。1981 年，我从黄冈地区新洲县的一个贫瘠乡村考入华中工学院机械工程二系（1983 年，新洲划归武汉市管辖），之后又读了华中理工大学电信学院的通信专业的工程硕士，再之后又进修了华中科技大学的教育学博士课程。有意思的是，我看似读了三所大学，但其实是一所，即现在的华中科技大学。本科和研究生都学的工科，是一个典型的工科男，可是我对文字有一种与生俱来的喜欢。1983 年，我与华中工学院的"校园诗人"胡星斗、鲍勋、杨增能、熊红、刘鹏、胡安琪等一道参与了华中工学院夏雨诗社的发起与组建工作，之后开始了与诗为伴的大学生活，时常在校报发表一些作品。1984 年，华中工学院邀请曾卓、碧野、白桦、鄂继烈等在汉的老诗人、作家和艺术家到校举行诗歌朗诵会，我有作品幸运入选。第一次听见自己的作品被朗诵，心情自然是激动的，自己也获得了更多的写作动力。

二十世纪八十年代是属于诗的年代，那时的诗人受欢迎的程度不亚于现在的网红明星。优秀的诗歌像流行金曲，风靡于校园和街巷。自己的青春能遇到诗，何其幸哉！

40年弹指一挥！离开校园后，我到广阔天地追求自己的"小作为"去了，而夏雨诗社在华中科技大学一直薪火相传，弦歌不断，现在依然活跃在高校诗坛。大约在二十一世纪初，时任华中科技大学校长的杨叔子院士开中国高校人文教育之先河，并亲自主编诗集《喻园诗选》，诗集中收录的现代诗作者大抵还是夏雨诗社的新老社员。当时在基层承担繁忙政务的杨增能，仍然在百忙之中联系上"沦落天涯"的我，并选用了我的作品入集。这一次算是我离开校园以后，与诗歌的第二次握手。

从华科大毕业后，我被湖北省委组织部选为"第三梯队"，到黄石煤矿机械厂工作和锻炼。多年来，我做过技术员、工程师、共青团干部、市委机关干部、省级机关干部、新闻工作者和教育工作者，基本上是从事文字工作，靠一支笔吃饭，大学所学专业基本还给老师了。但是我所写的都是文件、讲话和新闻报道一类的公文和新闻稿，与诗歌渐行渐远，诗歌已经被我遗忘了，或者说我把骨子里的那种浪漫掩埋了。随着市场经济风起云涌，人们的审美价值也天翻地覆。我一直为生计忙活，诗歌也在式微中寻找出路。再次有写诗的冲动，大概是在8年前。也许是在某一个春雨绵绵的晚上，也许是在某一个秋风萧瑟的早晨，我突然感觉到自己内心有一股莫名的、饱胀的情绪，需要宣泄却又找不到出口。我意识到那也许就是被自己埋藏多年的诗意，它要发芽了，要破土而出了！于是又拿起笔来琢磨一些长短句。后来，我跟大学师兄、著名诗人、武汉市原副市长李强，大学师兄、时任楚天都市报总编辑、曾经的校园诗人刘鹏，大学师兄、现任湖北省教育厅二级巡视员何爱军以及大学师弟、著名校园诗人杨增能建立了一个小的微信群，取名"那时青春"。我们时常在群里回忆青葱岁月，感叹时光流水，交流诗歌作品。如此这般，我又开始慢慢写了起来。但真正大量写，应该是近三五年的事情。

实事求是地讲，我对诗歌很热爱，但自认为诗歌禀赋稀松平常。高中以前读的多是唐诗宋词，大学期间主要读徐志摩、戴望舒、卞之琳以及当时的顶流顾城、舒婷、北岛和席慕蓉，毕业后印象深刻的是余光中。与诗歌隔离几十年，对当代诗歌的叙事方式、审美手法相对生疏。我的作品没有多少技巧，写得最多的是父母故乡、山川日月和年辰光景，基本是发乎情止于理，以写实为主。偶有生活感悟，唯恐失于肤浅，重在记录日常，不敢启迪人生。这也是我前面说的"喜忧参半"的意思。常言道：一千个人眼里有一千个哈姆雷特——重点在于：我的东西是不是哈姆雷特？我自己给不出答案，就留给读者批评指正了！

我写诗得到过很多人的指点和帮助，李强兄一直是我的榜样，一直以来都给我支持和鼓励；中国作家协会会员、著名诗人向天笑老师孜孜不倦地在他的诗歌平台《新东西》上推我的作品；湖北省文学院院长、全国期刊联盟发起人之一、《长江丛刊》杂志社社长兼总编辑胡翔老师引荐我认识了省内外很多诗歌大牛，让我见了世面、开了眼界；著名诗人、中国新禅诗代表人物雷默老师给我写过诗歌赏析；武汉大学教授、哲学博士夏冠英老师，中国作家协会会员、黄石市作家协会副主席卢圣虎老师，中国作家协会会员、湖北省评论家协会会员李燕老师，他们先后为我的诗作写了评论，给了我极大的鼓励和鞭策；我在黄石团市委的原同事、湖北省作家协会会员、文史财三栖作家、湖北省黄石市政协文史委主任郑春先生一直关注我的写作，并拨冗多次为我写诗歌评论，其溢美之词，为我平添勇气。我也曾得到湖北省作家协会原副主席刘益善老师、梁必文老师的当面提点，中国作家协会会员、著名诗人、"次要诗人"诗社创始人易飞老师也曾给过我很多鼓励。在此对以上老师和朋友致以诚挚的谢意！

本次诗集的出版，著名诗人、诗评人鲜例老师亲自作序；著名诗人、长江文艺出版社副社长、长江诗歌出版中心创始人沉河老师和编辑付出了大量心血，在此一并感谢！

我还要感谢我的叔父和婶娘，没有他们当年节衣缩食支持我读大学，我不会有今天。滴水之恩，没齿难忘！最后，我要感谢我的妻子和儿子，感谢他们一直以来对我生活的照顾，对我写作的一贯支持！

岁月沧桑，生活不易。在人生 60 岁的拐弯处，转身又遇到诗，何其幸哉！

2023 年 8 月 29 日